www.tredition.de

AF217608

© 2017 Gert Hellerich

Verlag: tredition GmbH, Hamburg

Paperback ISBN 978-3-7439-8441-7
Hardcover ISBN 978-3-7439-8442-4
e-Book   ISBN 978-3-7439-8443-1

Verlag und Druck: tradition GmbH, Halenreie 40-44,
22359 Hamburg

Gert Hellerich

Warum ist die Welt so, wie sie ist und nicht anders?

Siegfrieds Lebensgeschichte

Vorwort

Viele Menschen in der Moderne bewegen sich in der Welt ohne viele Fragen zu stellen; sie reagieren auf Reize der Umwelt, sie lassen sich sehr häufig führen, leiten, beherrschen und sie fühlen sich wohl trotz vielfältiger Entfremdungserfahrungen. Der von den modernen Macht-, Wissens- und Ordnungssystemen erzeugte Sinn wird zumeist verbindlich für ihr Leben übernommen. Da die Welt für sie komfortabel ist, werfen sie die Frage, warum die Welt so ist und nichts anders, kaum auf. Erst wenn die Welt fragwürdig, nicht mehr selbstverständlich, ja unverständlich werden sollte, begibt sich der Mensch aus der alltäglichen Erstarrung in einen lebensweckenden Zustand des Fragens, warum etwas so ist, wie er es gegenwärtig vorfindet, obwohl etwas anderes möglich wäre.

Siegfrieds Lebensgeschichte ist ein Paradebeispiel eines fragenden Menschen, der von seiner frühen Kindheit an, die Welt durch Fragen an seine Um- und Mitwelt verstehen will.

„Warum ist die Welt so und nicht anders?" liegt einerseits eine Informationslust des sich entwickelten Siegfrieds, zu Grunde, denn er sucht seit seiner frühesten Kindheit nach Antworten auf bestimmte Dinge, Menschen und Sachverhalte, die er in seinen gegenwärtigen Beobachtungen und Erfahrungen nicht nachvollziehen oder verstehen kann. Das, was er erlebt, was ihm begegnet, womit er Umgang in der Welt hat, erscheint ihm nicht selten fragwürdig. Es sind häufig unverständliche oder unbegreifliche Situationen, mit denen er konfrontiert wird. Er sucht nach Antworten auf das Wer, Was, Wann, Wie und Warum, weil er die Sachverhalte, mit denen er konfrontiert wird, nicht erklären kann. Er blüht auf, wenn er fragend seine Welt zu erkunden versucht.

Aber Fragen über die Welt zu stellen ist nicht nur eine Informationslust, sondern beruht häufig auch auf bedrückenden Erfahrungen, die Menschen in ihrer Alltagswelt machen und die sie hinterfragen wollen. Es gibt jedoch viele Menschen, die in solch irritierenden, betrübenden und enttäuschenden Erfahrungen davon ausgehen, dass die Welt eben so ist, wie sie ist. Es erfolgt kein Vorgriff auf andere Möglichkeiten. Siegfried wächst während der Kriegs- und Nachkriegszeit auf und er macht deprimierende Erfahrungen, weil das gegenwärtige Leben ihm fragwürdig geworden ist, doch mit der Fragwürdigkeit kommt die tollkühne Hoffnung auf, dass eine bessere Welt Wirklichkeit werden kann. Es stellt sich die Frage, ob Siegfrieds Hoffnung im fragwürdig Gegenwärtigen nicht ein Appell an die Menschheit sein könnte, nicht fraglos mit dem Beklagenswerten zu leben.

Fragen in der Welt ist jedoch nicht nur auf die vorhandene Mit- und Umwelt gerichtet, sondern auch auf das eigene Sein, auf die eigene Welt. Sie beinhaltet eine Suche nach dem eigenen Wesen, dem eigenen Ich in der Welt – nach der eigenen Individualität oder Subjektivität. Es sind die Fragen nach dem Woher und

Wohin, die Siegfried als Jugendlichen und jungen Erwachsenen in seiner Lebenswelt beschäftigen. Woher kommt der Mensch? Wohin geht der Mensch?

Über Jahrhunderte war es die christliche Religion, deren Erklärungen zum Woher und Wohin bestimmend für das Abendland waren. Siegfrieds Mutter setzt diese Tradition in der Lebensgeschichte Siegfrieds fort, indem sie ihm ihre Erklärung des Woher auferlegt, nämlich, dass etwas so ist, wie es ist, weil Gott die diversen Wesen geschaffen hat und er über den Werdegang der Welt wacht. Die mütterliche Erklärung des Wohin ist ebenso eindeutig: Die sündige Welt wurde durch Jesus Christus, den Sohn Gottes, erlöst und seinen Nachfolgern wird das ewige Leben geschenkt. Für Siegfrieds Vater, der nationalsozialistisch und wissenschaftlich ausgerichtet ist, sind andere Erklärungen verbindlich. Er verneint Gott. Die Entstehung der Welt wird für ihn in positivistischer Weise auf Tatsachen reduziert; es gibt nichts außer Tatsachen, d. h. Tatsachen sind die Substanz der Welt. Mit dem Tod hört das Leben auf und da ist Nichts, das vom Menschen als ein Ich übrig bliebe. Für Siegfried sind die Sichtweisen sowohl des Vaters wie auch der Mutter zu kurzatmig, um das Geheimnis des Lebens zu erklären und er sucht nach existenziellen Alternativen.

Warum die Welt so ist, wie sie ist, ist ein beständiger Bestandteil der Lebensgeschichte Siegfrieds. Doch die Fragen, die er an seine Bezugspersonen als Kind stellt, sind andere als die, welche er als Jugendlicher oder junger Erwachsener in seinen vielfachen Beziehungen aufwirft. Sie entspringen jedoch jeweils aus der gegenständlichen und mitmenschlichen Welt. Als Kind stellt Siegfried Fragen zu den Gegenständen und Vorgängen, die er in seiner Umgebung wahrnimmt, insbesondere Informationsfragen zum Krieg und zur Nachkriegszeit. In der Pubertät und danach werden die Informationsfragen nicht aufgegeben, aber durch existenzielle Fragen komplementiert. Er fragt sich, warum er unter den Milliarden und aber Milliarden individuellen Möglichkeiten als solch ein Individuum mit solch einem Körper unter diesen ganz bestimmten Bedingungen so und nicht anders in die Welt geworfen wurde und was er überhaupt ist und wie er einen Sinn in seinem Leben finden kann. Er fragt nach seinem Ich, das er ergründen will. Seine Lebensgeschichte zeigt, dass es ein langer Weg dorthin ist, der mit vielen Unwägbarkeiten verbunden ist. Es steht völlig außer Frage, dass diese Ich-Erschließung ein schwieriges Unterfangen für ein Arbeiterkind ist, insbesondere dann, wenn seine Ich-Konstituierung oft nur durch Träume eines anderen Lebens möglich zu sein scheint. Wird er es schaffen, die ihm als Sohn einer Arbeiterin in den Weg gestellten Hürden zu überspringen? Ist die Transzendenz von einer niederen auf eine höhere Ebene nicht grundsätzlich nur durch den Glauben an sich und sein Vermögen sowie beharrlichen, kontinuierlichen Fleiß und anhaltende Disziplin in seinem ständig entfremdeten Dasein zu verwirklichen?

Für denjenigen, für den die Welt voller Fragen ist, kann sie nie und nimmer als selbstverständlich und unstreitig in Erscheinung treten. Aus den Fragen heraus kann sich jeweils eine neue Sichtweise entwickeln, wobei auch die eigenen Verblendungen durchschaut werden können. Viele Menschen werden durch die Macht-, Norm- und Wahrheitssysteme blind gemacht und es geht darum, sich dieser Blindheit zu stellen. Die Lebensgeschichte Siegfrieds zeigt, wie er sich aus den diversen ideologischen und institutionellen Unterwerfungsstrukturen herausgelöst hat. Fünf Transformationen in Siegfrieds Lebensgeschichte scheinen nicht nur für ihn Schritte aus der Verblendung zu sein, sondern auch für andere Jugendliche und junge Menschen signifikante Schritte aus einer gewissen Blindheit heraus zu sein: erstens die Transformation von der Fremdregulierung zur Selbstregulierung bzw. Autopoiese, zweitens die Transformation vom auferlegten Sinn zum selbstgestalteten Sinn, drittens die Transformation von der Fremdsorge zur Selbstsorge, viertens die Transformation von einer eindimensionalen, vorgegebenen und geschlossenen Wahrheit zu vielseitigen, perspektivischen, offenen Wahrheiten und fünftens die Transformation von einer überirdischen oder andersweltlichen Hoffnung zu der Hoffnung auf das Hier und Jetzt. Siegfried steht stellvertretend für die Befreiung des Menschen aus roboterhaften Systembedingungen heraus, denn unter diesen Bedingungen handeln die angepassten Menschen so, dass der Wille anderer und nicht der eigene Wille geschehe. Siegfrieds Transformation manifestiert, wie und wodurch der eigene, formgebende und aktive Lebenswille gestärkt werden kann.

Erstens: Die Transformation von der Fremd- zur Selbstregulierung impliziert Fragen gegen das auf jeden Menschen einwirkende „Fremde" zu stellen, das ihn oft sein Leben lang beherrscht und das er nicht selten fraglos akzeptiert. Statt zu denken, dass es so sein muss und nicht anders möglich sein kann, sollte der Mensch diese Selbsttäuschung überwinden und Widerstand dagegen zu leisten. In der Fremdregulierung drängt am Beispiel der Lebensgeschichte Siegfrieds die die Familienordnung bestimmende Person – in der nachkriegerischen Lebensgeschichte Siegfrieds die Mutter - dem Heranwachsenden, was er zu tun und was er zu lassen hat. Diese Form der Sozialisation schließt eigene Lebensentwürfe der fremdregulierten Person aus. Siegfried setzt sich mit dem auf ihn einwirkenden fremden Eingriffen lange Zeit auseinander und am Ende ermöglicht es ihn, autopoietisch tätig zu sein. Ist es für den Handelnden nicht von großer Bedeutung zu erkennen, dass die Welt und auch er nur dann so bleiben, wie sie sind, wenn der Kampf gegen die äußeren und nach innen wirkenden Fremdherrschaften nicht aufgenommen wird?

Zweitens: In der Transformation von auferlegten zu selbstgestaltenden Sinnstrukturen muss jeder Mensch lernen, nein zu sagen zu dem vorgefundenen, oft sinnwidrigen Leben und sich auf die Suche nach neuer Sinnhaftigkeit machen. Diese neue Sinnhaftigkeit beruht beim Menschen auf dem starken Willen zur Veränderung und zum Werden. Was Siegfrieds Lebensgeschichte anbetrifft, so ist sinnstiftendes Leben für ihn nicht während der Kriegsgeschehnisse und nicht in den Nachkriegserfahrungen zu erkennen. Selbst in der gymnasialen Ausbildung Jahre später ergibt für ihn das Lernen keinen Sinn, weil er das, was er lernen soll, in keinen Bezug zu seiner Lebenswelt setzen kann. Aber er gibt nicht auf, bis er seinem Leben einen eigenen Sinn geben kann. Dieser Wille zur eigenen Sinngebung ist bei ihm in seinem jungen Erwachsensein sehr ausgeprägt. Kann er nicht nur der Schmied einer besseren Zukunft sein, wenn er sich nicht länger als Opfer widriger Umstände oder eines unabwendbaren und unentrinnbaren Schicksals wahrnimmt, sondern sich als gestaltende Kraft in seinem Dasein begreift, selbst wenn dieses Vorhaben schwer, hart und mühselig ist?

Drittens: Entscheidend ist für jeden Menschen, der sich von fremden Eingriffen loslösen will, dass er sich auf den Weg zur Selbstsorge macht. Da das Leben nicht so ist, wie er sich das gewünscht hat, muss er durch Selbstsorge, d. h. die Sorge um sich selbst, dazu beitragen, die Zukunft anders, erträglicher, glücklicher und zufriedener zu gestalten. In Bezug zu Siegfrieds Lebensgeschichte ist es die Selbstsorge, die ihn dazu treibt, seine ureigensten, durch die Erziehung verdeckten Möglichkeiten zu entdecken. Er ist davon überzeugt, dass er zu erkennen hat, wenn er sich um sein eigenes Sein kümmern will, er seinen eigenen Weg für sich finden muss. Er muss sich selbst zu Hilfe kommen. Gründet dieser Selbsthilfeprozess nicht in den eigenen menschlichen Stärken und Potenzialen? Erlangt er durch das Zurückgreifen auf eigene Fähigkeiten nicht mehr Handlungsmacht?

Viertens: Viele Menschen sind davon überzeugt, dass es absolute Wahrheiten gibt, was sie oft dogmatisch und intolerant macht. Bei der Transformation menschlicher Geisteshaltungen geht es darum, sich mit dem Wahren an und für sich auseinanderzusetzen und auf vielseitige perspektivischen Wahrheiten hinzuarbeiten. Im Falle Siegfried wird deutlich, wie er zu sich selbst kommen und seine eigenen Erkenntnismöglichkeiten realisieren will, nachdem er jahrelang die Wahrheiten anderer übernommen hat. Jede eigene Erkenntnis, die durch die Auseinandersetzung mit den Wahrheiten anderer gewonnen wurde, ist ein Streben nach Selbstbestimmung und Selbstbefreiung, eine eigene Erhöhung und Stärkung des Ich. Mit der Zuversicht, dass Siegfried seine perspektivische Wahrheit finden kann, stellt sich die im Hinblick auf seine mitmenschliche Welt wichtige Frage, wie sich jemand verhält, der überzeugt ist, seine eigene Wahrheit für das Leben gefunden zu haben, gegenüber anderen, die diese Form der Wahrheit stören würde. In einer diktatorischen Gesellschaft würden nicht wenige Menschen aus Angst vor Verfolgung ihre Wahrheit zurückhalten. Aber wie ist es in einer autoritären Familie, in welcher, wie in Siegfrieds Fall, die Mutter ihren Sohn so haben will, wie sie ist, insbesondere im Hinblick auf ihre religiösen Wahrheiten und er zu einer anderen Wahrheit gelangt ist? Zweifelsohne fürchtet der junge Erwachsene im Gegensatz zum Kind nicht länger den liebevollen Entzug der Mutter, doch Enttäuschungen auf Seiten der Mutter will er ebenso vermeiden. Ist es daher besser, seine Wahrheit zurückzuhalten, d. h. nicht authentisch zu sein, statt seine Wahrheit klar und deutlich auszusprechen?

Fünftens: Was wäre das Alltagsleben ohne Hoffnung. Für viele Menschen geht dieses unerlässliche Element der Struktur des Lebens verloren. Das Prinzip Hoffnung führt zu einer vertieften Bejahung des Lebens, wenn sie nicht, wie im Christentum überweltlich, sondern eine im Hier und Jetzt ist. Aus Siegfrieds Lebensgeschichte wird ersichtlich, wie er in seiner Transformation die irdische Zukunft feiert; sie lässt bei ihm die Gegenwart wachsen. Bedeutet den Keim seiner Hoffnung zu pflanzen nicht auf das Kommende Einfluss nehmen zu können, indem man sich selbst Freiheit des Handelns zugesteht? Wird der höchste Gedanke nicht zur höchsten Hoffnung? Stärkt diese Art der Hoffnung nicht Siegfrieds Lebenskräfte? Schleudert er sich mit dieser Form der Hoffnung nicht seiner Zukunft durch Schaffenskräfte entgegen? Leitet Hoffnung nicht nur bei Siegfried, sondern ebenso bei anderen Menschen eine Veränderung im Leben ein, wie der Regenbogen nach stürmischen Zeiten Wetterbesserung ankündet? Schafft der Hoffnungsfunke nicht die Offenheit für Mögliches?

Kapitel 1

Kapitel 1.1 Leben als Kriegskind – die frühere Kriegsphase

Kapitel 1.1.1 Siegfrieds Geworfenheit in eine Welt des Krieges

Siegfried wurde im Hochsommer 1941 in einer SS-Siedlung am Rande der Stadt Weimar als zweites von drei Kindern zur Welt gebracht. Die sehr naturverbundene Mutter arbeitete gerade im sehr gepflegten Garten, als die Wehen einsetzten und eine Hebamme gerufen wurde. Die Entbindung verlief problemlos. Ein neues Leben entstand inmitten von Leben, das leben wollte. Die lebendige Landschaft war zu dieser Zeit saftig grün, es zwitscherten die Vögel, die Bienen und Wespen summten, die Blumen blühten, Kinder unterschiedlichen Alters spielten voller Freude in der Sandgrube der SS-Siedlung. Herrchen und Frauchen führten mit Vergnügen ihre Hunde aus. Die Natur strahlte Schönheit und Ruhe aus; die Umgebung war voll von Leben. Überall manifestierte sich der Wille zum Leben.

Doch diesem Willen zum Leben trat der Wille zur Zerstörung des Lebens gegenüber. Es wütete seit 1939 der 2. Weltkrieg mit seiner ganzen Vernichtungsmaschinerie. Keine Familie wusste, was alles auf sie zukommen werde. Nicht wenige Eltern überlegten es sich in Deutschland gründlich, ob sie zu solch unsicheren Zeiten überhaupt Kinder haben sollten, denn keiner konnte erahnen, wie lange der Krieg währen und wie intensiv er wüten würde, obwohl viele Deutsche mit nationalsozialistischer Ideologie die deutsche Wehrmacht sehr hoch einschätzten und sie daher zu Beginn des Krieges damit rechneten, dass es ein Blitzkrieg und ein Blitzsieg werden würde, was sich im späteren Verlauf des Krieges als Trugschluss entlarvte. Die Entscheidungen, Kinder in die Welt zu setzen, beruhten in vielen nationalistisch geprägten Köpfen der Frauen auf Hitlers Botschaft an diese Adressaten-Gruppe, Kinder für den Führer zu gebären.

Hätte man die Kriegskinder fragen können, ob sie während eines Krieges zur Welt kommen wollten, so hätten sie, insbesondere, wenn der weitere Verlauf des Krieges in Erwägung gezogen werden sollte, bestimmt ein anderes Datum für ihre Geworfenheit gewählt. Doch leider ist dies eine unsinnige Annahme. Rückblickend als Jugendlicher auf seine Geburt während des Zweiten Weltkrieges und auf die Nachkriegszeit fragte sich Siegfried jedoch immer wieder, warum er gerade zu Kriegszeiten das Licht der Welt erblicken musste. Es hätte für ihn – so seine Vorstellung - sicherlich bessere Zeiten geben können. Jeder Wurf in diese Welt ist eben eine Entscheidung, die andere für die Kinder treffen; er ist zufällig oder beliebig, was Umstände und Gene anbetrifft. Trotz des Geworfenseins in eine Kriegssituation, in welcher kriegsbedingt die Verneinung und Zerstörung des Lebens bestimmend ist, war auf Seiten der deutschen Nation bis dahin im Vergleich zu anderen, von ihr okkupierten und verwüsteten

Ländern nicht so viel von den Verhängnissen und Vernichtungen dieses Krieges zu spüren, da es ihr gelang, zunächst einen Sieg nach dem anderen einzufahren. Die Wende kam erst viele Monate später.

Die Eltern kamen ursprünglich aus Süddeutschland. Sie hatten sich über eine Zeitungsannonce fünf Jahre zuvor im Schwabenland kennen gelernt, wo auch seine verwitwete Mutter in einer Großstadt und ihre Mutter (ihr Vater war im 1.Weltkrieg als Soldat gefallen) in einem Dorf lebten. Sie verliebten sich sehr schnell und heirateten nach einem Jahr, wenngleich ihre gläubige Mutter Vorbehalte gegen die Heirat hatte, denn er war Nationalsozialist und ungläubig. Die Tochter setzte sich über die Vorbehalte der Mutter hinweg, weil sie ihren Liebhaber schön und stattlich fand, ganz anders als die Bauern auf dem Dorf der schwäbischen Alb, wo sie aufwuchs. Mit denen konnte sie sich auf keinen Fall eine Partnerschaft vorstellen. Einen Bauern zu heiraten und Bäuerin zu werden, kam für sie niemals in Frage.

Der Vater wurde 1937 von der NSDAP als Soldat von seiner Stationierung in Baden-Württemberg nach Thüringen, in die weitere Umgebung der Stadt Weimar, versetzt. 1938 kam das erste Kind zur Welt. Beide waren gut aussehend und sie fühlten sich physisch angezogen, sodass mentale Differenzen in den Hintergrund gerieten. Die Mutter war Mitglied einer freichristlichen Kirchengemeinschaft und keine Verehrerin des Führers, während der Vater Atheist war und sich dem Führer und seinen Vorstellungen

ohne Einschränkungen unterwarf. In den ersten
Jahren der Ehe lief das Meiste ihrer Beziehungen auf einer Gefühlsebene ab, ohne dass die
Unterschiede religiöser und politischer Art
zum Tragen kamen. Der Vater bestimmte, wie der
zweite, 1941 geborene, Sohn heißen sollte. Er
hatte ihm den Namen Siegfried gegeben. Der Name
enthält einen scheinbaren Widerspruch; zum einen schließt er „Sieg" ein, dem ein Kampf oder
Krieg mit anschließendem Erfolg vorausgeht und
zum anderen enthält er das Wort „Frieden" –
das Gegenteil von kriegerischer Auseinandersetzung. Es war die weitverbreitete nationalsozialistische Idee, von der er sich angezogen
fühlte, dass mit den weltweiten Siegen der Nationalsozialisten eine neue Welt-Regierung und
-Ordnung aufgebaut werden könnte, in welcher
durch Militärgewalt und Unterjochung der Völker Frieden erzwungen werden könnte. Das nationalsozialistische Motto war „Frieden schaffen
mit Waffen". Aber auch der mittelalterliche
Siegfried, der Ritter und der das Drachenunge-
heuer besiegende Held aus dem von Wagner kom-
ponierten Nibelungenlied bewogen den Vater
seinem Sohn den Namen Siegfried zu geben. Der
Vater zog in den Krieg und die Mutter kümmerte
sich um die Kinder. Zwei Jahre später kam noch
ein drittes Kind zur Welt.

Kapitel 1.1.2 Siegfrieds Aufwachsen in einer SS-Siedlung

Der Nationalsozialismus legte Wert darauf,
dass die nicht für die Front geschaffene Frau

die Rolle als Hausfrau und Mutter ausübte. Kinder und Küche sollten den weiblichen Lebensraum ausfüllen und die Mutter sollte zum Wohle der Völkergemeinschaft beitragen. Die Frau wurde zu der Zeit der Nazis, wie dies aber auch schon zu früheren Zeiten der Fall war, als Ehegattin im Lebensraum des Mannes konstruiert; er hatte auch als Oberhaupt der Familie alle wichtigen Entscheidungen zu treffen. Siegfrieds Mutter hatte nichts dagegen einzuwenden, da ihr christliches Erbe ebenso, den Worten des Apostels Paulus entsprechend, eine Unterordnung der Frau dem Manne gegenüber in der Familie vorsah. Er forderte für seinen Führer Hitler, den er wie keinen Politiker zuvor bewunderte und vergöttlichte, überdurchschnittliche Gebärleistung von seiner Ehefrau. Mindestens vier Kinder waren seine Gebärziele. Damit hätte sie das Ehrenkreuz in Bronze erhalten. Leider waren es kriegsbedingt nur drei. Gebären für den Führer Adolf Hitler, für das Volk und für das Vaterland war für ihn der unabdingbare Familienwunsch, während die Mutter sich einfach über Kinder freuen wollte, wie dies ihr geistiges Vorbild Jesus Christus tat, der die Kinder zu sich rief und segnete. Für den Vater wie auch für die Mutter sollten Kinder eine Bereicherung des familialen Lebens sein, wenngleich dem Kinderwunsch unterschiedliche Motive zu Grunde lagen. Die Nationalsozialisten stellten der Familie ein Haus in einer SS-Siedlung am Rande von Weimar zur Verfügung. 1937 beschloss die Planungsgruppe der NSDAP eine Siedlung für die SS-Wachmannschaften zu bauen. Das Areal befand sich in der Nähe des Konzentrationslagers

Buchenwald. Bei dem 1938/39 fertiggestellten Neubau wurden Häftlinge aus Buchenwald als Zwangsarbeiter eingesetzt, die unentgeltlich Sklavenarbeiten verrichteten, bevor ein Großteil von ihnen später vergast wurde oder verhungerte. Diese SS-Siedlung wurde nach ihrer Fertigstellung der Stadt Weimar zugeordnet. Die Mutter schien nicht zu wissen, unter welchen Bedingungen die SS-Siedlung gebaut wurde, der Vater als SS-Sturmbannführer ganz bestimmt. Er hatte jedoch nie darüber gesprochen. Die Mutter wusste anscheinend noch nicht einmal darüber Bescheid, dass ein Konzentrationslager nur wenige Kilometer von ihrem Haus entfernt etabliert wurde – angeblich auch nicht die anderen Mütter der Siedlung. Für den Vater waren die dort inhaftierten Menschen Untermenschen, die für ihn als nicht arisch bzw. nicht reinrassig oder nicht erbgesund stigmatisiert und als menschenunwürdig degradiert wurden, denen man keinen Respekt zu zollen hatte und ohne Bedenken für Sklavenarbeit einsetzen konnte. Oder die Häftlinge waren zwar reinrassige Bürger, die jedoch als Kommunisten, Sozialisten wie auch in anderen schäbigen Gruppierungen, Siegfrieds Vater zufolge, gegen den Nationalsozialismus kämpften, also für ihn als Verräter des Vaterlandes gebrandmarkt wurden und daher seiner Meinung entsprechend zu Recht eingesperrt wurden, um das Vaterland abzusichern und zu erhalten.

Der Vater verdankte den 1933 an die Macht gekommenen Nationalsozialisten nicht nur die neuen Wohnmöglichkeiten in einer ruhigen und wunderschönen Umgebung, sondern auch sein relativ gutes Einkommen als Sturmbannführer und seine, ein Jahr nach der Geburt Siegfrieds erfolgte Beförderung zum Obersturmbannführer, während er vor der nationalsozialistischen Machtergreifung über Jahre hinweg in Süddeutschland arbeitslos war und zum Teil von seiner Mutter, einer verwitweten Beamtenfrau, unterhalten werden musste. Der Familie - eine Art Mittelschichtfamilie - ging es gut. Die Mutter, der der Vater in großzügiger Weise das meiste Geld zur Verfügung stellte, war sehr zurückhaltend mit ihren Ausgaben - eben eine sparsame Schwäbin. Diese sparsame Tugend sollte sich in den späteren Jahren der Nachkriegszeit auszahlen, als der Kampf ums Dasein entfacht wurde. Siegfrieds Familie wie auch den anderen Bewohner/innen der Siedlung ging es während der Kriegsjahre versorgungsmäßig relativ gut. Während viele von ihnen zuvor arbeitslos waren und sich durchschlagen mussten, hatten sie nunmehr einen Job in der nationalsozialistischen Maschinerie. Man spürte bei ihnen die Freude über ihr neues Leben. Sie genossen ihr, vom Führer für sie erbautes Haus in einer außergewöhnlich guten Lage und genossen einen relativen Wohlstand. Alle frohlockten zu Beginn des Krieges und auch noch in den ersten Jahren des Krieges. Sie huldigten den Führer, dem sie alles zu verdanken hatten. Das Gefühl der Trauer kam kaum auf. Warum sollten die Bewohner/innen auch solche Gefühle haben, denn alles lief ja nach ihren Vorstellungen und Wünschen. Sie waren glücklich und zufrieden.

Kapitel 1.1.3 Siegfried – das Muster-Baby der Eltern

Siegfried wurde von den Eltern als Muster-Baby bezeichnet, denn es schrie im Gegensatz zum älteren Bruder kaum. Es beschäftigte sich in der Wiege mit seinen Händen und Füßen und strahlte übers ganze Gesicht, als es sich selbst zu entdecken versuchte. Die alltägliche Reinlichkeitserziehung verlief bei Siegfried viel positiver als bei seinem älteren Bruder, der zum Widerwillen der Eltern durch Bettnässen bis ins dritte Jahr hinein und durch Einkoten auffiel. Mit ein und halb Jahren ging er schon eigenständig zum neben der Toilette befinden-den Töpfchen. Die Windel, die er in seinem Höschen trug, nahm er oft raus, wahrscheinlich um zu zeigen, dass er sauber war und sie nicht mehr benötigte. Während der ältere Bruder bei Anordnungen der Eltern häufig trotzte und es bei ihm zu Zornausbrüchen kam, war Siegfried sehr gelassen und zeigte kaum Widerstand gegen die Machenschaften der Eltern. Die Mutter bezeichnete ihn als ihren „Goldschatz". Mit ein und halb Jahren konnte er schon einfache Sätze sprechen. Mit zwei Jahren versuchte er sich bereits selbst an- und auszuziehen, mit dem Löffel zu essen und sich selbst die Hände zu waschen. Er schien schnell zu lernen.

Siegfried war sehr neugierig; er befand sich ab seinem dritten Lebensjahr stetig auf Entdeckungsreisen in seiner Alltagswelt und wollte sein In-der-Welt-Sein verstehen. Die Welt schien für ihn voller Geheimnisse und Wunder zu sein. Er beobachte seine Umgebung und wenn immer ihm etwas fragwürdig erschien, stellte er Fragen, warum etwas so ist, wie es ist. Fragen entstanden zumeist aus den alltäglichen Situationen heraus, die er nicht begreifen konnte, wie z. B. „Warum scheint die Sonne"? Mit dieser Warum-Frage trat er einmal an seine Mutter und ein anderes Mal an seinen Vater heran. Der Vater gab ihm eine physikalische Antwort, die ihm wenig imponierte, die Mutter eine lebensnahe Erklärung, nämlich die, dass Lebewesen Licht und Wärme brauchen, die er ohne Schwierigkeiten nachvollziehen konnte. Auch bei der Frage „Warum regnet es"? war er eher mit der Antwort der Mutter, dass die Natur zum Wachstum nicht nur Sonne, sondern auch Regen benötige, zufrieden als mit der wissenschaftlichen Erklärung über Feuchtigkeitsbildung der Wolken des Vaters. Als Siegfried die vier Jahreszeiten verfolgte, fiel ihm auf, wie sich im Herbst die Blätter verfärbten. Das war für ihn ein Spektakel, das er bei einem Spaziergang nicht verstehen konnte. „Warum verfärben sich die Blätter auf den Bäumen"? Der Vater erklärte das Phänomen so, dass im Herbst Chlorophyll den Blättern entzogen wird und sie sich daher verfärben, während ihm die Mutter es mit sinkenden Temperaturen und weniger Licht begründete. Und so stellte er eine Frage nach der anderen, um die Geheimnisse der Welt zu lüften, was, insbesondere die Mutter oft irritierte, nicht nur, weil sie oft keine direkte Antwort auf bestimmte Fragen geben konnte, sondern weil vieles des Gefragten für sie allbekannt und offenkundig war. Nicht nur Fragen zur

Natur, vielmehr auch mit sozialen Fragen konfrontierte er seine Mutter. Z. B. wollte er wissen, warum die Leute Kleider tragen, wenn es im Sommer sehr heiß ist, besser wäre es doch nackt zu gehen. Die prüde Mutter erwiderte, dass das nicht ginge, weil die Gesellschaft das so bestimmt habe, sich nicht anderen gegenüber nackt zu zeigen. „Warum denn nicht? Ist das etwas Schlimmes, nackt zu sein"?, bohrte er nach. Die Mutter erwiderte ebenso, wie bei vielen nur schwer von ihr zu beantwortenden Fragen: „Das ist eben so, wie es ist"!

Siegfrieds Eltern waren beide autoritär und gebieterisch. Sie wollten Einfluss auf Siegfried und auf die anderen Söhne ausüben und sie ihrem Bild entsprechend formen. Die Mutter wollte sie zu gläubigen Christen erziehen, der Vater starke Führerpersönlichkeiten aus ihnen machen. Beide wollten jedoch, dass sie mithilfe elterlicher Anregung etwas Großartiges aus sich machen. Bei Siegfried waren beide der Überzeugung, dass er es schaffen werde, sich in der Gesellschaft durchzusetzen undaufzusteigen. Sie sahen eine rosige Zukunft für ihn voraus und waren sich sicher, dass er sich ohne Schwierigkeiten in die Gesellschaft einfügen und einen starken Willen entwickeln werde, mit anderen zu konkurrieren. Beim ältesten Sohn waren ihre Zukunftsperspektiven eher etwas getrübt.

Siegfried befand sich in seiner frühkindlichen Sozialisation beständig in einem Widerspruch zwischen den vorherrschenden religiösen sowie politischen Konzeptionen der Mutter und denen des Vaters. Die Mutter lehrte Siegfried, der schnell sprechen lernte, „das Vater unser" zu beten, obwohl er mit Begriffen wie Gott, Himmel, Ewigkeit und Sünde bestimmt nichts anfangen konnte. Doch diese frühkindliche, wenngleich auch autoritär liebevolle Erziehung forderte ihren Tribut, denn es schien, als ob er sich im Laufe seines Lebens nur schwerlich aus diesem religiösen Kreislauf herauslösen konnte. Bei jeglicher Abweichung von der durch die Mutter vermittelten religiösen Wahrheit kamen ihm im späteren Leben Gewissensbisse. Die Mutter erzog ihn nach moralisch-religiösen Gesichtspunkten und die Enge der religiösen Weltanschauung fand ihr Gegenstück in der moralisch-politischen und atheistischen Dogmatik des Vaters. Doch da er die meiste Zeit Kriegsdienste verrichtete, bestimmte die Mutter den Gang der Erziehung, obwohl der Vater immer wieder seine Bedenken gegen ihre Pfarrhaus-Mentalität zum Ausdruck brachte.

Der Vater war zwar autoritär, er war aber auch liebevoll in seiner Beziehung zu Siegfried. Er nahm ihn während des genehmigten Heimaturlaubs auf seinen Schoß, küsste und liebkoste ihn und der Sohn wiederum war vom SS-Divisionsabzeichen der Waffen-SS auf seiner Uniformjacke fasziniert und betastete es immer wieder. Er lehrte ihn auch den „Heil-Hitler" Gruß und er war begeistert, wie stramm er dastand und wie er, im Vergleich zum älteren Bruder, diesen Gruß tadellos erwiderte, obwohl er in diesem frühen Kindesalter den Sinn seiner

Handlungen nicht verstehen konnte. Die Begegnung zwischen dem Vater und seinem Sohn war von
Zärtlichkeit und Herzlichkeit geprägt und keiner hätte es für möglich gehalten, dass die
gleiche Person als Obersturmbannführer mit einem Bataillon im Südosten Europas skrupellos
Aufständische auf dem Balkan und in Griechen-
land hinrichten ließ. Bevor Siegfried schlafen
ging, las ihm der Vater bei seinem Heimaturlaub
mit lauter Stimme und mit artikulierter Beto-
nung aus einigen Werken der Kinderliteratur
vor, die sein späteres Verhalten steuern sollten. Die Geschichte vom Struwwelpeter hörte er
unter einigen anderen, vom Vater vorgelesenen
Kinderbüchern am liebsten; es war für ihn eine
lustige Geschichte mit drolligen Bildern, die
einen tiefen Eindruck auf seine Entwicklung
machte und ihm schon früh klar vor Augen
führte, welche Folgen abweichendes Verhalten
haben kann. Der Vater hielt sich zurück, Märchen vorzulesen, denn nicht wenige von ihnen
enthielten Grausamkeiten und Betrügereien und
sie würden, so seine Meinung, die Kinder negativ beeinflussen, was für ihn nicht im Sinne
der nationalsozialistischen Umerziehung des
Volkes war. Die Mutter dagegen las Siegfried
ohne Vorbehalte Märchen vor, denn sie vertrat
die Ansicht, dass die dortigen Mythen die Phan-
tasie anregen könnten und ihr verkörpertes
Christentum basierte ebenso auf zahlreichen
mythologischen Texten der Bibel sowohl im Alten
wie auch im Neuen Testament. Als Siegfried zwei
und halb Jahre alt war, sah er sich das eine
oder andere Bilderbuch selbst an, ohne den Text
selbst lesen zu können.

Im Hause selbst hing das Kreuz Jesu der Mutter neben dem Hitlerbild und Hakenkreuz des Vaters. Im Wohnzimmer befand sich ein Klavier. Siegfrieds Vater war ein großer Musik-Verehrer. Wenn immer er Heimaturlaub zugestanden bekam, spielte er mindestens eine Stunde lang am Tag auf dem Klavier. Die Liebe zur Musik war eine seiner größten Leidenschaften und er animierte auch seine Ehefrau, Klavier spielen zu lernen. Kunst und Nationalsozialismus, Kunst und Krieg waren für ihn keine Widersprüche. Er war von klassischer Musik begeistert, insbesondere von Richard Wagner. Er sah ihn als Wegbereiter des Dritten Reiches und als Visionär der Einheit von Rasse und Volk. Darüber hinaus spielte er auch Volks- oder Heimatlieder und sang mit lauter Stimme zu der gespielten Musik. Siegfried war angetan von Liedern wie „Alle Vögel sind schon da" oder „Wir sind die Moorsoldaten" und vielen anderen Liedern. Die Musik klang in seinem Ohr in einer Art Euphonie nach. Als im späteren Musikunterricht in der Grundschule einige der Volkslieder gesungen wurden, erinnerte er sich an die frühe Kindheit und an seinen musikalischen Vater.

Kapitel 1.1.4 Die Bewohner/innen der SS-Siedlung

In der SS-Siedlung wohnten ausschließlich SS-Leute mit ihren Frauen und Kindern. Die meisten Familien hatten mit wenigen Ausnahmen mindestens ein Kind, andere zwei (das war der

Siedlungsdurchschnitt) manche drei und mehr Kinder. Eine Familie hatte sechs Kinder und sie erhielt für ihre überdurchschnittliche Gebärleistung das silberne Ehrenkreuz der deutschen Mutter. Sie wurde in der Siedlung mit Lob überschüttet. Sogar Radiosendungen berichteten über dieses großartige Ereignis. Nur eine Frau, obwohl sie Nationalsozialistin war, flüsterte ihre Bedenken in das Ohr der Mutter Siegfrieds, denn sie wollte ihre Differenzen zu der Verherrlichung der NS-Gebärkultur nicht publik machen, weil diese kritische Äußerung hätte gefährlich werden können. Sie stellte die Rolle der Frau als Gebärmaschine in Frage und war in der Hinsicht trotz ihrer nationalsozialistischen Geisteshaltung sehr progressiv und feministisch. Siegfrieds Mutter kam vom Lande und sie hatte, weitaus mehr als das bei den Stadtmenschen zu beobachten war, das Mutterglück vor Augen. Heiraten und Kinder haben hatte für sie eine große Bedeutung und einen tieferen Sinn. Sie war nicht karrieremäßig ausgerichtet und sie hatte daher als nicht berufstätige Mutter bzw. als Hausfrau, im Gegensatz zu den modernen Frauen, keine beruflichen Einschränkungen zu befürchten. Die Rolle als Hausfrau und Mutter machte ihr Spaß, zumal ihr Ehemann, ihrer Vorstellung von Familienplanung entsprechend, eine finanzielle Sicherheit bot.

Siegfrieds Mutter war sehr sozial und kommunikativ eingestellt und pflegte den Umgang mit Bewohner/innen der Siedlung. Einige von ihnen kannte sie ziemlich gut und verkehrte häufig mit ihnen und lud sie auch zu Hause zu Kaffee und Kuchen ein. Für die Kinder bot sich dann die Möglichkeit, mit den Kindern anderer Familien in ihrem Hause zu spielen. Wenn die Mutter von anderen Bewohnerinnen eingeladen wurde, spielten sie dort. Sie ging, wie auch andere Bewohner/innen der SS-Siedlung, nach der Geburt Siegfrieds öfters mit dem Kinderwagen und dem älteren Sohn an der Hand spazieren und so traf sie sehr häufig andere Bewohnerinnen mit Kleinkindern. Nach dem obligatorischen Hitler-Gruß wurden ihre Blicke auf die Kinder gerichtet und es wurden Komplimente ausgetauscht, „Oh wie rührend das Baby im Wagen liegt", indem sie Siegfried anschauten und seine Mutter erwiderte das Lob mit einer Höflichkeitsbezeigung anderen Kindern gegenüber. Niemand weiß, ob das alles ehrlich gemeint war oder nur zum guten Ton in der Nachbarschaft gehörte. Darüber hinaus tauschten sie dann ihre Neuigkeiten über ihr Familienleben aus, über ihre Ehemänner und wo sie gerade ihren Wehrdienst verrichteten und über die Siege, die sie anscheinend an den diversen Fronten 1941/42 feierten. Immer wieder war zu hören, wie dankbar sie dem Führer waren, dass er ihnen solch eine schöne Zeit bescherte. Sie sahen auch eine glänzende und herrliche Zukunft für das deutsche Volk voraus, weil der Führer, sie wie ein guter Hirte führen und leiten und ihnen daher nichts passieren würde.

Kapitel 1.1.5 Der Spielplatz in der SS-Siedlung

Im Zentrum der Siedlung war ein Kinderspielplatz, zu welchem sich Siegfried, als er sich eigenständig bewegen konnte, und sein älterer Bruder öfters hin begaben. Es gab eine Sandgrube, eine Schaukel und eine Spielwiese, auf der Siegfried und sein größerer Bruder Fußball spielten. Sie hatten von ihrem Vater einen teuren Fußball, der vor seiner Stationierung selbst leidenschaftlicher Fußballspieler in Stuttgart war, geschenkt bekommen, während nicht wenige Kinder mit Blechbüchsen kickten; sie sollten als Ersatz für fehlende Fußbälle herhalten. Als die anderen Kinder der Siedlung den wertvollen und ungewöhnlich teuren Fußballs zu Gesichte bekamen, gesellten sie sich sofort zu Siegfried und seinem älteren Bruder, um mitzuspielen und somit auch das gute Stück zu genießen.

Zu Hause spielten Siegfried und sein Bruder, wie die meisten Kinder in der Nachbarschaft, mit Blei- oder Plastiksoldaten, die sie von ihren Vätern, die allesamt Nationalsozialisten waren, als angemessenes Spielzeug bekamen. Einige Buben hatten sogar Stahlhelme als Geschenk erhalten. Das Spielzeug diente dazu, schon früh den Kindern das militärische Leben einzutrichtern. Es war die weitverbreitete, väterliche nationalsozialistische Losung: „Früh übt sich, wer ein Meister werden will".

Mädchen in der Siedlung brachten ihre Puppen zur Spielwiese und führten Puppenwagen durch die Siedlung; sie sollten schon früh auf ihre Mutterrolle vorbereitet werden. Siegfrieds Mutter unterhielt sich auf dem Spielplatz mit anderen Frauen der Nachbarschaft. Sie sprachen zumeist über ihre Kinder oder über die Nachrichten, die sie von ihren Ehemännern von der Front erhielten. Die Briefe, die ihnen durch die Feldpost zugestellt wurden, waren zumeist das einzige Lebenszeichen, das sie von ihnen bekamen.

Alles in allem war die erste Phase des Krieges ziemlich ruhig für die Bewohner/innen der SS-Siedlung. Auch Siegfried bekam nur wenig mit vom Krieg, denn die SS-Siedlung war wie eine ruhige Oase, in welcher die Bewohner/innen sich fern der Front sicher und glücklich fühlten. Bis dahin gab es noch keine gefallenen Soldaten, noch nicht einmal kehrten verwundete Soldaten vom Kampffeld in die SS-Siedlung zurück.

Kapitel 2

Kapitel 2.1 Leben als Kriegskind: die spätere Kriegsphase

Kapitel 2.1.1 Das Sirenengeheul in der SS-Siedlung

War das Leben in der früheren Phase des Krieges noch einigermaßen friedlich, ja sogar angenehm und waren die Bewohner/innen zu jener Zeit noch heiter und fröhlich, so wurden sie im späteren Kriegsgeschehen jedoch durch die zunehmenden Niederlagen der Wehrmacht und die Bombardierungen der Alliierten von denKriegsereignissen selbst betroffen und beunru- higt. Zum ersten Mal machten sich einige Men- schen in der Siedlung Sorgen um sich selbst und ihre Kinder. Der Krieg wirkte nunmehr auf die Zivilbevölkerung zurück und sie wurde fernab der Front zu einer Zielscheibe, zu einem di- rekten Teil der Kriegsvorgänge. Uneinsichtige Siedlungsbewohner/innen glaubten immer noch an den Endsieg. Für sie war es undenkbar, dass die Deutschen den Krieg verlieren würden. Es war kaum zu glauben, aber es gab in dieser nationalsozialistischen Hochburg selbst unter Frauen 1943/44 vereinzelt defätistische Stimmungen zu hören. Es waren nicht öffentliche Kritikäußerungen, sondern private Bemerkungen hinter vorgehaltener Hand. Öffentliche Kritik wäre zum einen von Seiten des Staates hart bestraft worden und hätte zum anderen bei ihren nationalistischen, an den Endsieg glaubenden Männern wütende Reaktionen ausgelöst.

Wenn im späteren Verlauf des Krieges Bombenalarm ausgelöst wurde, rannten die Mütter mit ihren Kindern zu ihren Häusern zurück und gingen auf schnellstem Wege in den Keller. Es gab in der Siedlung keinen Luftschutzbunker. Der Bombenalarm bzw. das Sirenengeheul machte viele Bewohner/innen nervös und bange, nicht wissend, ob der Keller genügend Schutz bot oder eher zu einer tödlichen Falle werden könnte. Immer wieder waren von Siegfried und seinem älteren Bruder die Worte „verdammt noch mal" zu hören, denn der Fliegeralarm unterbrach ihr alltägliches Spielen im Freien. Der jüngere Bruder lag noch zu Beginn des Sirenengeheuls in der Wiege und die Mutter trug ihn dann die Treppenstufen zum Keller hinunter.

Die Alliierten wurden 1943 aggressiver zu Boden und in der Luft. Weimar befand sich auf der Zielliste der britischen und später auch der amerikanischen Luftwaffe. Mit der idyllischen Ruhe zu Kriegsbeginn war es nunmehr vorbei. Zunächst gab es nur Fliegeralarm, aber keine Angriffe. Das änderte sich danach, wenn mit Sprengbomben, Rauchbomben und Brandbomben strategisch wichtige Ziele in Weimar angegriffen wurden. 1944 und 1945 wurden die Luftangriffe zu einem alltäglichen Phänomen. Um sich vor Fliegerangriffen zu schützen, mussten die Bewohner/innen auf Anordnung der Sicherheitskontrollen ihre Fenster allabendlich verdunkeln. Obwohl die SS-Siedlung nicht direkt als ein Angriffsziel der Alliierten ausgewählt wurde, weil es strategisch gesehen nicht von großer Bedeutung war, so hatte das ständige und laute Heulen der Sirenen und das Drohngeräusch der vorbeifliegenden Flugzeuge doch sehr viel Belastungen, Ängste und erhöhte Schreckhaftigkeit bei vielen Kindern, insbesondere bei Siegfried, ausgelöst. Doch er hätte schon tot sein können, hätten sich die Eltern für einen naheliegenden, von den Alliierten bombardierten Kindergarten entschieden, denn der Vater wollte, dass der Sohn dort nicht nur einen angemessenen Umgang mit anderen Kindern, Kameradschaftsgeist und Gemeinschaftssinn erlerne, sondern ihn auch gesellig mache und zu einem pflichterfüllenden, opferbereiten und tüchtigen Leben erziehe, während die Mutter ihn, wie auch die anderen Söhne zu Hause behalten wollte und auch behielt, weil sie die Kinder an sich binden, ihnen Geborgenheit gewähren und ihnen Nestwärme zu teil werden lassen wollte. Glück für Siegfried im Unglück, denn der vom Vater für ihn vorgesehene Kindergarten wurde durch einen Volltreffer zerstört, wobei mehr als dreißig Kinder auf grausame und unmenschliche Weise ums Leben kamen.

Kapitel 2.1.2 Siegfrieds Frage nach dem Warum des Krieges

Während in der frühen Phase des Krieges Siegfried seine ihn umgebende Welt mit Warum-Fragen erkundete und er wissen wollte, warum z. B. die Sonne schien, warum es regnete, warum die Blätter der Bäume sich verfärbten, warum die Menschen Kleider im Sommer trugen, wenn es doch so heiß war, nahm der unheilvolle Krieg seine

Aufmerksamkeit in den späten Kriegsjahren in Anspruch. Und es gingen ihm kontinuierlich Warum-Fragen diesbezüglich durch den Kopf: „Warum gibt es Krieg"? „Warum schießen Menschen auf Menschen"? „Wie lange wird der Krieg noch dauern"? „Was kann man machen, damit der Krieg aufhört"? Seine Mutter deutete den Krieg aus einer religiösen Sichtweise heraus, wonach der Mensch seit Adam und Eva der Sünde verfallen sei und diese sündige Natur mache ihn aggressive und selbstsüchtig. Er wolle über andere Men- schen bzw. Völker herrschen und sie unterjo- chen. Darum komme es zu Kriegen und es könne aus diesem Grunde keinen Frieden geben. Er nahm diese Position zur Kenntnis, doch diese Sicht- weise war für ihn insbesondere im Hinblick auf einen nicht möglichen Frieden hier auf Erden, da der Mensch Sünder, also ein aggressiver und zerstörerischer Mensch sei, nicht zufrieden-stellend. Irgendwie hatte er auf Grund der bis-herigen Erfahrungen eine andere, ja bessere Meinung vom Menschen als seine Mutter. Er er-lebte seine Welt des Vaters, der Mutter, der Siedlungsbewohner/innen, die friedfertig zu-sammen lebten und es in diesen Beziehungen zu keinerlei kriegerischen Auseinandersetzungen kam. Er konnte es nicht verstehen, warum es keinen Krieg in seiner Nachbarschaft gab, aber Kriege außerhalb stattfanden, wenn doch alle Menschen schlecht sein sollten. Es missfiel ihm, dass er keine zufriedenstellende Antwort auf solch eine wichtige Frage finden konnte. Er fragte nochmals seine Mutter in der Erwar-tung einer anderen Antwort, doch sie änderte ihre Meinung nicht. Er suchte weiter nach Antworten, die er nicht fand. Bis in sein späteres Leben hinein blieb er auf der Suche nach einer möglichen Antwort auf die Frage „Warum gibt es Krieg und warum keinen Frieden"?

Kapitel 2.1.3 Der Einkehr des Todes in die SS-Siedlung

Je mehr Deutschland in die Defensive gedrängt wurde, desto weniger Glückseligkeit zeigte sich in der Siedlung. Durch den Krieg wurde nunmehr in der Endphase zunehmend auch der Tod in die Siedlung hineingetragen. Mehrere Siedlungsbewohner/innen, die Jahre zuvor noch über ihr Dasein jubelten, waren nun wenige Jahre später zu Tode betrübt. Einige Frauen in der Siedlung wurden zu Kriegerwitwen, da die voller Zuversicht in den Krieg ziehenden Ehemänner von Frankreich bis hin nach Russland gefallen waren. Die Leiden begannen, ihren Lauf zu nehmen. Die Kinder hatten ihre Väter verloren, die Ehefrauen ihre Männer. Siegfrieds Mutter wie auch die Mitbewohnerinnen der Siedlung sprachen ihre Anteilnahme und ihr Mitgefühl bei jeder, durch die Wehrmacht übermittelte Todesnachricht aus. Doch in ihren Rechtfertigungsstrategien der Kriegerwitwen, um dem Tod ihrer Ehemänner und Väter einen Sinn zu verleihen, starben sie für das Vaterland. Der Tod durfte einfach nicht umsonst gewesen sein. So schien es sie zu trösten, dass sie für eine ehrenhafte Sache starben. Sie wurden von ihren Ehefrauen, von Bewohnerinnen der Siedlung und insbesondere von den Herrschenden als Kriegshelden hochstilisiert. Doch nach dem Krieg war die Ideologie des Kriegshelden nicht mehr viel wert. Es wurde vielmehr nun von den Alliierten untersucht, ob nicht einige von ihnen, die noch am Leben waren, sogar Kriegsverbrechen begingen. Nun mussten einige Kriegerwitwen mit dem Tod zu Recht kommen und andere, deren Ehemänner am Leben blieben, möglicherweise mit deren Verbrechen weiterleben. Den Kindern war es schnuppe, wie und warum die Väter umgekommen waren. Für sie war es schmerzhaft, ihre Väter nicht wiedersehen zu können. Es ging ein Riss durch die Familie. Am Schlimmsten fanden es die Bewohnerinnen der Siedlung, als sie zu hören bekamen, dass der Ehemann der mit dem silbernen Ehrenkreuz ausgezeichneten Mutter mit sechs Kindern im Russland-Feldzug 1944 verstarb. Sie war nun völlig auf sich allein gestellt und musste sehen, wie sie sich durchschlagen konnte. Bewohnerinnen der Siedlung, auch Siegfrieds Mutter, versuchten immer wieder Hilfe anzubieten, um auf diese Weise die kaum zu tröstende Kriegerwitwe über Wasser zu halten, und die Suizidgefährdete von einem Freitod abzuhalten. Hilfeangebote waren angebracht und sinnvoll, aber vielleicht war es doch sehr blauäugig von ihr, bereits vor dem Krieg und insbesondere während eines Krieges so viele Kinder in die Welt zu setzen.

Die Versorgung mit Lebensmitteln und sonstigen alltäglichen Notwendigkeiten war trotz der kriegerischen Auseinandersetzungen bis zum Kriegsende weitgehend sichergestellt. Schon zu Beginn des Krieges wurde dafür Sorge getragen, dass die Grundversorgung der Bevölkerung in keine Engpässe geriet, damit kein Widerstand aufkam. Die Moral der Bevölkerung

wurde durch eine gute Versorgung aufrecht-
erhalten, selbst wenn gegen Ende des Krieges
bestimmte Lebensmittel und alltägliche Güter
rationiert wurden.

Kapitel 2.1.4 Das Verschwinden der Spur zu Siegfrieds Vater

Gegen Ende des Krieges wurden die Urlaubsge-
suche des Vaters nicht mehr genehmigt. Es gab
keinen Heimaturlaub mehr, denn die deutsche
Wehrmacht brauchte nunmehr jeden Mann zur Verteidigung des Vaterlandes. Ende 1944/Anfang
1945 verlor sich die Spur zum Vater. Die Mutter
wartete jeden Tag auf Feldpost, es wurde ihr
jedoch in der sehr späten Phase des Krieges
kein Brief mehr ausgehändigt, denn Briefe wären
immerhin ein Lebenszeichen von ihm gewesen. Der
Mutter lief es mit jedem vorüberziehenden Tag,
ohne über sein Schicksal informiert worden zu
sein, kalt über den Rücken. Die Dienststelle
der deutschen Wehrmacht wie auch das Rote Kreuz
hatten 1945 keine Informationen über den Ver-
bleib des Ehemannes. Sie stellte sich unter
Schweißausbrüchen immer wieder die Frage, wo
er sein könnte und ob ihm, wie vielen anderen
Soldaten möglicherweise etwas zugestoßen sein
konnte. Während seiner letzten Besuche kam es
auch hin und wieder zu Auseinandersetzungen,
nicht über Kindererziehung, Religion oder gar
Partnerbeziehungen, sondern vielmehr über den
Ausgang des Krieges. Im Nachhinein kritisierte
die konfliktscheue Mutter sich stets selbst;
sie meinte, dass sie in ihrer Kriegskritik zu
weit gegangen wäre. Der Vater bestand eben immer wieder darauf, dass Deutschland trotz of-

fensichtlicher Rückschläge am Ende siegen werde. Die Mutter dagegen vertrat die Meinung, dass der Krieg so gut wie verloren sei. Sie stützte sich bei ihrer Meinungsbildung u. a. auch auf vertrauenswürdige Informationen, welche sie von Mitgliedern der kirchlichen Gemeinschaft erhalten hatte. Sie hatten die Nachrichten ausländischer Radiosender verfolgt und waren somit über den Stand des Krieges in anderer Weise informiert als die Informationen, die sie von nationalsozialistischer Propaganda vermittelt bekamen. Siegfrieds Vater hatte der Mutter immer davon abgeraten, ausländische Sender zu hören, denn die selbigen wären reine Propaganda und würden die Wahrheit verfälschen. Sie befolgte weitgehend seine Warnungen und hörte dafür deutsche Propaganda-Sender, ohne diesen jedoch Glauben zu schenken. Siegfried hasste die schwelenden Konflikte der Eltern über den Ausgang des Krieges, denn er wollte nicht, dass die Eltern, die er beide inniglich liebte, sich verkrachten. Doch schnell versöhnten sie sich wieder. Es schien, dass die der Beziehung zu Grunde liegende gegenseitige Zuneigung stärker war als die politischen Differenzen. Der kleine Siegfried hatte beide gern und konnte in seinem Alter nicht Partei für die eine oder andere Seite ergreifen. Er war einfach zu jung, um die politische Sachlage einschätzen zu können. Er konnte reflexhaft auf konkrete Reize reagieren, wie auf Fliegeralarm, auf die spätere Vertreibung, auf die Besetzung durch fremde Mächte, die auf seine alltägliche Lebenswelt einwirkten, aber noch nicht komplexe politische Zusammenhänge erkennen und Kriegshandlungen oder Kriegskonsequenzen durchschauen.

Kapitel 2.1.5 Die Besetzung der SS-Siedlung durch die Kriegsgegner

Ende 1944 und spätestens Anfang 1945 wurde auch den letzten, noch auf Endsieg der deutschen Wehrmacht hoffenden Siedlungsbewohner/innen klar, dass Deutschland den Krieg verlieren würde. Von Westen drangen die Amerikaner, Engländer und Franzosen und von Osten die Sowjets auf Deutschland vor. Es war nur noch eine Frage der Zeit, bis Deutschland und damit auch die SS-Siedlung von den ausländischen Truppen besetzt werden würde. Und so kam es auch, wie es kommen musste. Im April 1945 rollten Panzer und andere Militärfahrzeuge der Amerikaner durch die SS-Siedlung. Die Bewohner/innen wurden aufgefordert, für eine kurze Zeit ihre Häuser zu verlassen und sich auf einem bestimmten Sammelpunkt der Siedlung einzufinden, damit ihre Wohnungen nach möglichen Waffen durchsucht werden konnten. Es bestand immer noch die Gefahr, dass sich Saboteure den Amerikanern widersetzen könnten. Der Schock saß tief bei der Mutter und den Kindern, als bewaffnete Männer ins Haus eindrangen. Die Mutter war gefühlsmäßig am Boden, konnte jedoch auf der Verstandesebene die entsprechende Sachlage nachvollziehen. Siegfried und die anderen Kinder konnten die Situation, warum alles so ist, wie es ist, nicht rational einschätzen und sie schrien beim Eindringen der Amerikaner wie am Spieß. Nach dem Heulen der Sirenen und dem Lärm der Flugzeuge kam nunmehr noch das bewaffnete amerikanische Militär, das in die Häuser der Siedlung eindrang und dort alles gründlich durchsuchte. Doch diese Ereignisse wie auch der ständige Bombenalarm waren zwar intensive Angsterfahrungen, doch sie waren bei weitem noch nicht so traumatisch für Siegfried und seine Geschwister im Vergleich zu dem, was noch kommen sollte.

Ende April 1945 schockierten dann Nachrichten der aus dem Konzentrationslager Buchenwald kommenden Häftlinge die Siedlung, als die selbigen nach deren Befreiung durch die Alliierten völlig zerlumpt, abgemagert, skelettartig sowie verstört den Ort betraten und um Brot oder andere Nahrungsmittel bettelten. Siegfried und seine Geschwister hatten solche Gestalten noch nie in ihrem bisherigen Leben gesehen. „Was sind das für Leute?" fragten die Kinder die Mutter. Sie antwortete: „Es sind Häftlinge". „Was sind Häftlinge?" erwiderten sie. Auf jede versuchte Antwort der Mutter gab es wiederum Fragen der Kinder. Die Mutter selbst bekam zum ersten Mal von diesen befreiten Gefangenen zu hören, was in Buchenwald geschehen war. Es war für sie unbegreiflich, wie Nationalsozialisten anderen Menschen so viel Leid zufügen konnten. Sie war christlich ausgerichtet und die von Jesus geforderten Tugenden der Barmherzigkeit und Nächstenliebe sollten verpflichtend für alle Menschen, auch die Nationalsozialisten, sein.

Mitte Juni 1945 zogen sich die Amerikaner aus der SS-Siedlung und dem gesamten Raum Thüringen zurück. Schon ungefähr einen Monat zuvor kam es zur bedingungslosen Kapitulation der deutschen Wehrmacht. Nach dem Rückzug der Amerikaner kamen sowjetische Soldaten, nicht mit Panzern und schwerem Geschütz, wie die US-Armee zuvor, sondern mit Pferden und Fahrrädern in das Gebiet. Selbstverständlich waren sie schwer bewaffnet, weil sie immer noch mit Widerstand rechnen mussten.

Das Gerücht, dass mit der Okkupierung Deutschlands, nicht nur SS-Soldaten massakriert sowie ihre Angehörigen bestraft werden könnten und NS-Wohnungen und Häuser von den Alliierten beschlagnahmt werden würden, verbreitete sich bereits im April 1945 wie ein Lauffeuer. Die Menschen, auch Siegfrieds Mutter, waren besorgt, beunruhigt und angstvoll, was die Zukunft nach dem Krieg ihr und den Kindern bringen würde. Den noch vor wenigen Jahren frohlockenden Bewohnerinnen der Siedlung kündigte sich Unheil an. Der Führer hat sie ins Verderben gestürzt. Neben den gefallenen Soldaten gab es noch die vermissten und die in Kriegsgefangenschaft geratenen Ehemänner. Das Reich bewegte sich am Ende des Krieges und nach dem Krieg in Richtung einer vaterlosen Gesellschaft. Nur wenige Soldaten kehrten nach dem Krieg zu ihren Ehefrauen und Kindern zurück und die selbigen, die zurückkehrten, waren traumatisiert. Der Krieg hatte ihr Seelenleben beschädigt. Sie wirkten steif und benommen. Die Kriegsereignisse sie hatten ihre Bewältigungsfähigkeiten überschritten und hatten ihre mentalen Nachwirkungen: den Krieg im Kopf konnten sie nicht loswerden. Manchmal ging sogar ein Zittern durch den ganzen Körper.

Viele Ehefrauen und Mütter hatten nicht nur den Verlust der Ehemänner und Väter zu verkraften, sondern auch mit dem Verlust der liebgewonnenen Heimat zu rechnen. Alle Menschen in der Siedlung gingen einer unsicheren Zeit entgegen. Es drohte ihnen der Fall ins Bodenlose. Nichts würde mehr so sein, wie es war. Es blieb nichts mehr von dem Schönen und Angenehmen vergangener Jahre übrig, außer den Erinnerungen an bessere Zeiten. Aber ob diese Erinnerungen den Menschen helfen konnten, mit den schlechten Zeiten, die bevorstanden, fertig zu werden? Die Siedlung, einst ein Paradebeispiel und der Stolz nationalsozialistischer Baupolitik, ließ eine Bevölkerung leidender, jammernder und hoffnungsloser Menschen zurück. Sie verwarfen ihre Geworfenheit in diese Welt. Doch hatten sie nicht selbst durch ihr Denken und ihre Taten zu dieser Katastrophe beigetragen? Mussten sie die Schuld für den Untergang nicht auch in gewissem Maße sich selbst zuschreiben, da viele von ihnen voller Begeisterung dem Führer zujubelten?

Was tun? Das war die immer wieder kehrende Frage der Menschen. Für die meisten Menschen war es eine Vertreibung in eine ungewisse und unsichere Zukunft. Die Resignation war teilweise so groß, dass einige sogar so weit gingen, sich selbst zu töten, denn sie sahen sich in die Obdachlosigkeit verdammt und keinen Ausweg mehr für ein menschenwürdiges Leben in der Zukunft. Es herrschte bei ihnen Weltuntergangsstimmung vor. Am Schlimmsten waren wohl die Mütter mit mehreren kleinen Kindern dran. Der Frau, die für ihre überdurchschnittliche

Gebärleistung das silberne Ehrenkreuz verliehen bekam, konnte nachts kaum mehr schlafen und weinte die meiste Zeit, denn sie musste die Kriegsfolgen allein meistern. Eine Bleibe für sechs Kinder in einer ausgebombten Stadt zu finden, würde - so war ihre realistische Einschätzung - äußerst schwierig werden, denn sie hatte auch keine Verwandten im Osten. Man könnte die Gruppe der Mütter der Siedlung am Ende des Krieges als Solidargemeinschaft der Leidenden und Verzweifelten bezeichnen. Der Fall ins Nichts war für sie furchtbar und schrecklich. Zumeist konnte ihnen kein Mensch helfend zur Seite stehen, denn in der Siedlung hatten alle die gleichen entsetzlichen lebensweltlichen Bedingungen durchzumachen und auszuhalten und von außerhalb konnten sie auch nicht auf Hilfe hoffen, denn für die meisten Menschen ging es am Kriegsende nur noch um das nackte Überleben. Diejenigen, die noch vor dem Krieg ein wenig Religiosität in sich verspürten, zweifelten nunmehr völlig an einem höheren Wesen oder Gott, denn solch eine Tragödie könnte, so die Zweifler, ein liebevoller Gott nicht zulassen. Siegfrieds Mutter glaubte bibelgetreu an die Sünde der Menschheit, die durch Adam den Nachkommen vererbt wurde. Nur so konnte, Siegfrieds Mutter zufolge, das Böse in der Welt erklärt werden. Krieg als Folge von sündigen Erbanlagen – eine seltsame und merkwürdige Deutung des Kriegs, aber nichtsdestotrotz eine Erklärung für eine aus den Fugen geratene Welt, die nur schwer zu verstehen war.

Doch im Gegensatz zu den meisten anderen, durch Weltuntergangsstimmung sehr schwer gekennzeichneten Siedlungsbewohner/innen war Siegfrieds Mutter eine gläubige Christin, die auch in Zeiten der Verzweiflung zum einen auf Gott und zum anderen auf die Freikirche baute. Schon in der Vergangenheit hatte sie immer wieder Hilfe von ihren Glaubensgeschwistern der kirchlichen Gemeinschaft erhalten. Sie trug ihre Sorgen der Kirchengemeinde vor und sie wiederum versprach alles Menschenmögliche zu tun, auf die bevorstehende Vertreibung entsprechende Lösungen zu finden. Doch die Familie war nicht die einzige, auf die Obdachprobleme zukamen, andere waren bereits ausgebombt worden und die selbigen suchten, ebenso wie die Vertriebenen, nach einer Bleibe. Innerhalb der Räumlichkeiten der kirchlichen Gemeinschaft, deren Räumlichkeiten die Bomben des Krieges nicht zerstörten, wurden einige Vertriebene und Obdachlose bereits vorübergehend einquartiert.

Anfang Juni 1945 begann für alle Bewohner/innen der große Exodus aus der SS-Siedlung, denn dort sollten jetzt sowjetische Militärangehörige einziehen. Alle Bewohner/innen wurden aus ihren Häusern vertrieben. Sie waren nun auf sich selbst gestellt und auf sich selbst zurückgeworfen und in dem nun folgenden Überlebenskampf war jeder sich selbst der Nächste. Siegfrieds Mutter hatte die anderen Bewohner/innen der Siedlung nie wieder gesehen. Sie hatte keinerlei Kenntnisse, ob sie irgendwo ein Obdach fanden und ob sie überhaupt überlebten. Siegfried und seine Brüder sahen ihre früheren Spielkameraden nie wieder. Die

Freundschaften vergangener Jahre verflogen wie im Wind.

Auf Befehl der russischen Armee sollten die Häuser binnen kürzester Zeit geräumt werden. Nur das Lebensnotwendigste war ihnen mitzunehmen erlaubt. Diese apokalyptische Szene – von den Fliegeralarmen über die Besatzungsmächte bis hin zur Vertreibung, die zusehends das gewohnte Alltagsleben Siegfrieds liquidierte, hinterließ bei ihm, wie bei vielen anderen Kriegskindern, tiefe Erschütterungen in seinem innersten Seelenleben. Zum einen kann sein späteres Leben immer wieder durch eine tiefsitzende Grundbefindlichkeit der Angst und zum anderen durch ein Anklammern an die Mutter als vorhandene und schützende Bezugsperson beschrieben werden. Er hatte oft Alpträume sowie Schlafstörungen und fühlte sich sehr unsicher in der ihn umgebenden Welt, die er nicht verstehen konnte und die wie ein Schreckgespenst von ihm wahrgenommen wurde. Er fragte sich immer wieder, warum die Welt so schrecklich ist, wie sie ist und nicht anders.

Kurz vor der Vertreibung wurde die Mutter von Angehörigen der kirchlichen Gemeinschaft informiert, dass in einem größeren Haus in der Nähe des zerbombten Bahnhofes die Erdgeschosswohnung freigeworden sei. Anscheinend flohen die dortigen Mieter vor den anrückenden Russen gen Westen. „Die bösen Russen nehmen uns unser Haus weg" „Warum tun sie das"? waren allesamt die Worte Siegfrieds und seiner Brüder. Es war das einfache Reagieren auf die konkrete Gegebenheit der Vertreibung durch die Russen.

Selbstverständlich nahmen Siegfried und seine Brüder nur das wahr, was sie gegenständlich im Hier und Jetzt erlebten und nicht die viel schwerwiegenden Gräueltaten der deutschen Wehrmacht gegenüber den Sowjets. Sie konnten in ihrem Alter das ihnen konkret zugefügte Böse nicht in einen komplexen politischen Zusammenhang einordnen. Sie nahmen in ihrer mikrokosmischen Sichtweise nur die bösen Taten der Russen wahr und nicht im makrokosmischen Sinne die entsetzlichen Handlungen der Deutschen gegenüber den Russen.

Kapitel 3

Kapitel 3.1 Leben in der Nachkriegszeit

Kapitel 3.1.1 Auf der Flucht

Mit einem Handwagen, den Siegfried und sein älterer Bruder zogen und dem Fahrrad, das die Mutter schob und dem daneben her gehenden jüngeren Sohn, der gerade einmal zwei Jahre alt war, begab sich die Familie mit den wenigen, von den Russen erlaubten Habseligkeiten in das 3km entfernte Bahnhofsviertel. Silber, Schmuck, Uhren, Radio und Haushaltsgegenstände mussten sie zurücklassen. Es war ein herrlicher Tag mit Sonnenschein und ziemlich hohen Temperaturen. Die Vögel zwitscherten, Hunde rollten sich im Gras, als ob das Leben einfach so weiter ginge wie zuvor, während doch für die Familie, wie auch für viele andere vertriebenen Familien, ein ganz anderes Leben beginnen sollte. Für die Kinder war die Vertreibung einschneidend, da sie mit dem Verlust des Hauses ihre frühere Sicherheit und Geborgenheit verloren. An ihre Stelle traten nunmehr Angst und Unsicherheit. Die Mutter machte sich Sorgen, was alles auf sie zukommen werde und ob sie für die Kinder in diesen ungewissen Zeiten das Lebensnotwendigste beschaffen könne. Für sie und die Kinder begann die Stunde null in ihrem Leben. Sie mussten mit wenigen Habseligkeiten den Neuanfang versuchen und eine neue Lebensgrundlage schaffen. Als Christin verlor sie nie den Lebensmut im Gegensatz zu nicht wenigen Vertriebenen, die die Hoffnung aufgaben. Es kamen ihr die Psalm-Worte in den Sinn: „Der Herr ist mein Hirte, mir wird nichts mangeln. Er weidet mich auf einer grünen Aue und führet mich zum frischen Wasser". Sie fühlte sich nicht, wie viele anderen Vertriebene auf sich allein gestellt und zurückgeworfen. Gott war ihrer Vorstellung entsprechend auf ihrer Seite und sie war zuversichtlich, dass er ihr in der Zukunft Beistand leisten würde.

Während der anstrengenden Flucht stellte Siegfried trotz oder vielmehr gerade wegen des Erschöpfungszustandes, in dem er sich befand, immer wieder Warum-Fragen, während der jüngere Bruder Schwierigkeiten hatte, mitzuhalten und dem älteren es darum ging, schnellsten den Handwagen zu ziehen, damit sie so bald wie nur möglich ihr Ziel erreichen konnten. „Warum haben uns die Russen aus dem Haus geworfen"? fragte er „Sie hassen uns und wollen sich rächen gegen die schlimmen Sachen, die die Deutschen ihnen angetan haben", erwiderte die Mutter. „Aber wir haben doch den Russen nichts angetan"? entgegnete er. „Wir nicht, aber andere", waren ihre Äußerungen. „Welche anderen"? wollte er wissen. „Die im Krieg gegen die Russen gekämpft haben", sagte sie. Sofort schloss sich die Frage an: „Papa ist ja auch in den Krieg gezogen, dann hat er ebenfalls Russen getötet?" „Nein, das glaube ich nicht, denn Papa hat in Südeuropa gekämpft. Aber lasst uns jetzt auf den Fluchtweg konzentrieren; es ist in der Hitze zu anstrengend, den Wagen zu ziehen, das Fahrrad zu schieben und Fragen zu beantworten", gab sie zu bedenken. So zogen sie stöhnend weiter und jammerten über den beschwerlichen Fußmarsch in eine ungewisse Zukunft.

Vom Vater war gegen Ende des Krieges nichts mehr zu hören. „Wo ist Papa, der könnte uns beim Ziehen helfen, der ist stark" war nach der ersten Fragenrunde eine weitere an die Mutter gestellte Frage, doch sie wusste es auch nicht. War er gefallen? War er in Gefangenschaft geraten? Hat er sich als Obersturmbannführer irgendwo versteckt, um nicht seine SS-Taten sühnen zu müssen? Die Familie marschierte schweißgebadet weiter. Mehrmals musste sie eine Rast machen. Es war einfach zu anstrengend für die Kinder. Zweimal wurde sie vom sowjetischen Militär gestoppt, die Waffenlieferungen im Wagen vermuteten. Der Weg war nicht nur beschwerlich, sondern führte auch an den von angloamerikanischen Bombern zerstörten Gebieten vorbei. So etwas hatten die Kinder zuvor in ihrem Leben noch nicht gesehen. Ein schrecklicher Anblick der zerbombten Häuser, aber noch schrecklicher war es die verwundeten Menschen auf der Strecke zu sehen. Das Elend und der Schrecken des Krieges manifestierten sich in den vielen Kriegsversehrten, Amputierten und Krüppeln, die sie am Rande des Weges zu Gesichte bekamen, die alle einen verzweifelten, niedergeschlagenen und hilflosen Eindruck machten. Die meisten von diesen Soldaten hatten anscheinend bis zuletzt für den Führer gekämpft. Sie bemerkten aber auch Frauen, die nicht am Krieg teilnahmen – Zivilisten – die im Gesicht und an den Armen verbrannt waren; sehr wahrscheinlich war dies die Folge des Abwurfes von Brandbomben durch die Alliierten. „Schrecklich, schrecklich", seufzte die Mutter, während es den Kindern die Sprache verschlug. Es war für sie ein großer Schock, solch übel zugerichtete Menschen, die sie in ihrem bisherigen Leben noch nie gesehen hatten, zu Gesichte zu bekommen. Auch in ihrem späteren Leben kamen diese furchtbaren Bilder immer wieder in ihr Bewusstsein zurück.

Kapitel 3.1.2 Das neue Zuhause in Weimar

Nach drei Stunden Marsch über verwüstete, zerstörte und trostlose Areale erreichten sie erschöpft und verzweifelt schließlich die Wohnung im Erdgeschoss des Hauses, die nun in der Zukunft ihre Bleibe sein sollte. Das Haus gehörte einer Ärztin, die im zweiten Stock ihre Praxis und Wohnung hatte. Sie empfing die Familie, gab ihnen, nachdem sie mitbekam, wie dehydriert sie war, etwas Wasser zu trinken, das in der Zwischenzeit rar wurde, weil die Wasserversorgung unter der Zerstörung stark beeinträchtigt wurde. Sie händigte der Mutter die Schlüssel aus, nachdem sie eine kleine Miete - einen Teil ihrer Ersparnisse - für den kommenden Monat bezahlte. Als die Mieter die

Eingangstüre zur Wohnung öffneten, kam ihnen ein widerlicher, penetranter Geruch entgegen. In der Wohnung waren noch Möbelstücke der gen Westen ziehenden, früheren Mieter zurückgelassen worden. Doch sie waren unansehnlich; es waren urinierte Matratzen, was wahrscheinlich ein Hinweis auf Bettnässen von Kleinkindern war, verdreckte Böden und eine verschmutzte Küche. Die Wohnung hatte drei Zimmer, Küche und ein Badzimmer mit Toilette; in ihm befand sich eine Badewanne ohne funktionierende Heißwasserversorgung. Unter normalen Umständen hätte keine Familie solch eine Wohnung gemietet, doch auf Grund der Wohnungsnot war eine Entscheidung für schönes Wohnen in weite Ferne gerückt. Es ging nunmehr darum, aus miesen Wohnbedingungen etwas Wohnbares zu machen, statt obdachlos zu sein. Ein Vergleich mit dem früheren Haus in der SS-Siedlung war einfach nicht angebracht. Es brachen andere Zeiten herein. Die Ärztin entschuldigte sich für die Unordnung und teilte der Familie mit, dass die vorherigen Mieter vor einiger Zeit Hals über Kopf die Wohnung verließen und gen Westen flohen. „Ich bleibe hier, ich werde hier gebraucht und ich habe den Russen gegenüber keinerlei Berührungsängste. Ich werde mit ihnen zusammenarbeiten und weiterhin für die kranken Menschen da sein", gab sie zu erkennen. Danach fragte sie noch die Mutter, ob sie die Möbel kostenlos übernehmen wolle, worauf sie mit einem klaren „Ja" antwortete, denn die Familie hatte ja keinerlei Möbel aus ihrem alten Haus mitnehmen dürfen. „Lieber auf urinierten Matratzen als auf dem Boden schlafen, lieber eine verdreckte Küche haben als gar keine", räsonierte die Mutter. Die Kinder waren enttäuscht über das neue Zuhause, denn das Haus in der Siedlung war für sie im Vergleich zu dieser schäbigen Wohnung vorzüglich. Siegfried sprach auch für die Geschwister, wenn er die Mutter fragte: „Warum müssen wir hier wohnen? Die Wohnung gefällt mir überhaupt nicht". Die Mutter konnte zwar mit Siegfrieds Besorgnis sympathisieren, doch sie stellte nochmals klar, dass nur die Straße eine alternative Wohnmöglichkeit wäre.

Da in Weimar, wie auch in anderen deutschen Städten durch die vielen Vertriebenen aus den Ostgebieten Wohnraummangel herrschte und nur eine bestimmte Quadratmeterzahl den Mietern zustand, wurde von oberster Planungsstelle der sowjetischen Militäradministration eine weitere Untermieterin dort einquartiert. Es war eine unhöfliche, arrogante und grobe Frau, die als Vertriebene aus Ostpreußen flüchtete und deren Mann im Krieg fiel. Sie fand irgendwie heraus, dass Siegfrieds Mutter aus der SS-Siedlung fliehen musste und mit einem Nazi verheiratet war. Sie war gegen die Nazis und machte sie dafür verantwortlich, dass sie ihren Ehemann verlor, der nur mit Widerwillen in den Krieg zog und auch dafür, dass sie ihr Hab und Gut verlor. Als Siegfrieds Mutter dann einmal das Thema Untermietzahlung ansprach, rastete sie aus und schrie: „Du Nazischwein willst Geld von mir haben und du hast mein Leben zerstört". Sie konnte sich überhaupt nicht mehr kontrollieren und schlug ihr mit voller Wucht ins Gesicht. Tagelang war ihr Gesicht geschwollen und rot.

Die Kinder konnten nicht verstehen, warum die Frau so aggressiv wurde und fragten ihre Mutter: „Warum ist die Frau so wütend? Warum schlägt sie um sich? Wir haben ihr doch nichts getan". Zweifelsohne hatten die Kinder und die Mutter ihr nicht direkt etwas angetan und deshalb war es für sie schwierig, den Wutausbruch dieser Untermieterin zu verstehen, den man eigentlich nur nachvollziehen konnte, wenn man das Ausrasten in einen historischen und politischen Rahmen einzuordnen vermochte. Solche Zusammenhänge konnten die Kinder nicht herstellen.

Die Mutter besprach die aufregende Situation mit ihren verdutzten Kindern. Ihre Frage an sie war, ob sie, ihrer Meinung nach, hätte zurückschlagen sollen. Es folgte eine hitzige Debatte über das Verhalten der Mutter auf die Wutausbrüche und Schläge der Untermieterin. Die Reaktionen des ältesten Sohns und Siegfrieds waren ganz unterschiedlicher Art. Siegfried ältester Bruder war der festen Überzeugung, dass sich die Mutter hätte wehren sollen, sonst würde sie nämlich das Gleiche nochmals tun. Die christliche Mutter versuchte den Kindern Jesus und seine Bergpredigt zu zitieren, in welcher er seinen Nachfolgern riet, dass wenn jemand sie auf die linke Wange schlage, sie die rechte auch noch hinhalten sollten. Jesus sagte auch, die Feinde zu lieben und das werde sie in ihrem Verhalten zur Untermieterin bei der nächsten Begegnung zum Ausdruck bringen. Siegfried, erst vier Jahre alt, hatte schon früh in seinem Leben begriffen,

dass wenn der eine schlägt und der andere zurückschlägt, das Schlagen nicht aufhören wird.
Er vertrat schon in jungen Jahren eine pazifistische These, die in seinem späteren Leben
bestimmend wurde, dass Gewalt Gegengewalt erzeugen werde und Gegengewalt erneut Gewalt hervorrufen werde. Auf diese Weise werde Gewalt
nie enden. Das Verhalten der Mutter fand er
angemessen, denn ihr Verhalten hätte eine mögliche Spirale der Gewalt vermieden. Beim
nächsten Aufeinandertreffen grüßte die Mutter
die Untermieterin freundlich, als ob nichts gewesen wäre. Die Untermieterin war völlig verblüfft, denn sie hatte eine andere Reaktion
erwartet. In der Folgezeit kam es zu keinen
Gewaltausbrüchen der Untermieterin mehr. Hin
und wieder meldete sie sich bei der Mutter,
wenn die Kinder zu laut wurden; dann wirkte sie
auf sie ein und sie beruhigten sich. Diese hatten immer noch das Bild der um sich schlagenden
Untermieterin in ihrem Kopf und das schreckte
sie ab. Die Untermieterin zog nach zwei Jahren
aus, da ihr die Räumlichkeiten zu eng wurden
und ihr die gemeinsame Nutzung des Badezimmers
unangenehm war. Sie fand eine etwas größere
Wohnung in den Randbezirken Weimars.

Kapitel 3.1.3 Die schlechte Versor-
gungslage

Die Versorgungslage Weimars war, wie die anderer Städte, katastrophal. Die Überlebenden wa-

ren jedoch dankbar, mit dem Leben davon gekommen zu sein, was für viele Menschen bei den fortwährenden Bombardements in den beiden letzten Kriegsjahren bei Leibe nicht selbstverständlich war. Die sowjetische Militäradministration führte nach dem Krieg einheitliche Lebensmittelnormen ein mit täglichen Rationen von Brot, Kartoffeln, Fett, Mehl und Zucker. Die Zuteilung war quantitativ aber auch qualitativ gesehen unzureichend. Die defizitäre Ernährung, insbesondere der Mangel an Eiweißen und Fetten, trug dazu, dass Siegfried und die Geschwister sich nie gesättigt fühlten und immer wieder über Hunger klagten und dass es dadurch in der Familie immer wieder zu einer aggressiven und gereizten Stimmung kam. Jeder war sich selbst der Nächste, mit Ausnahme der Mutter, die nicht selten ihr zugeteiltes Brot an die Kinder abgab. Die Notrationierung von Lebensmitteln und der weitverbreitete Hunger setzten zunehmend egoistische Gefühle frei, denn jeder der Brüder wollte sofort die auf den Tisch gelegten Nahrungsmittel ergattern. Immer wieder fragte Siegfried, warum sie in der SS-Siedlung genügend zu essen hatten und jetzt hungern mussten. Die drei Kinder konnten es einfach nicht verstehen, dass sie nunmehr in der Nachkriegszeit so viel entbehren mussten. Sie sehnten sich zurück in die Welt der SS-Siedlung, wo die Welt bis 1943/44 noch einigermaßen in Ordnung war und sie nicht durch Hunger geplagt wurden, denn es gab dort auch während des Krieges auf Grund der organisierten Vorräte zumeist ausreichend zu essen.

Die schlechte Versorgungslage war auf die Produktionsschwäche der Landwirtschaft in der sowjetisch besetzten Zone Deutschlands, aber auch auf Verteilungsprobleme der obersten Dienststellen zurückzuführen. Einige von Hunger bedrohte Familien, insbesondere Frauen, demonstrierten gegen ungenügende Lebensmittelrationen, was Siegfrieds Mutter nie getan hätte. Sie überlegte sich lieber Alternativen zur miserablen Versorgungslage. Außerdem führte der strenge Winter 1946/47 zu einem Energieversorgungsengpass. Die Kohlekrise machte nicht nur Siegfried und seiner Familie, sondern auch anderen Familien zu schaffen. Nur wenig Braunkohle stand den Menschen für die Verbrennung im Ofen zur Verfügung. Siegfried und seine Brüder sammelten zwar abgefallene Äste, doch deren Brennwert war im Gegensatz zur Braunkohle sehr gering.

Not macht jedoch nicht selten erfinderisch. Wo es bestimmte Produkte entweder nicht mehr oder nur beschränkt gab, musste man nach alternativen Essmöglichkeiten suchen, die in der Natur trotz Krieg noch vorhanden waren. Die Mutter, die in ihrer Haushaltsschule u. a. auch Ernährungslehre als Fach belegte, regte die Kinder an, gegen Fettmangel Bucheckern in den Wäldern aufzulesen, um auf diese Weise den niedrigen Rationen an Fett entgegen zu wirken. Auch gefallene Kastanien und Ähren, nachdem die Felder bereits abgeerntet waren, wurden für Mehl und Brot gesammelt. In der Sommerzeit war es auch möglich, die auf dem Boden liegenden Äpfel und Birnen aufzuheben, was auch die gravierenden Ernährungsdefizite ein wenig kompensierte. „Äpfel vom Baum zu holen ist klauen, Äpfel vom Boden aufzuheben, ist erlaubt" – so die moralische Lehre der Mutter. Als die Kinder einmal im Spätsommer/Frühherbst Äpfel sammelten, kam ein Russe mit der Waffe in der Hand zu den umliegenden Obstbäumen auf die Kinder zu, die beinahe starr vor Schreck und bleich im Gesicht waren. „Wir haben gestohlen und der Russe knallt uns jetzt ab", war die einmütige Reaktion der drei Kinder. „Wahrscheinlich ist für den Russen, Äpfel vom Boden aufheben – im Gegensatz zur Meinung der Mutter – auch stehlen", befürchteten sie. Doch das Gegenteil war der Fall. Er sah, wie die Kinder die teilweise schon angefaulten Äpfel vom Boden aufsammelten und holte für sie einige wunderschöne vom Baum, richtete einige Worte an sie, die sie nicht verstehen konnten und gab nicht nur den Kindern die Früchte, sondern streichelte auch ihr Gesicht. Siegfried war ganz begeistert von dem netten und hilfsbereiten Russen und erzählte es nach der Rückkehr sofort seiner Mutter, die es kaum glauben konnte, denn viele Deutsche bekamen während des Krieges die Nazi-Propaganda eingetrichtert, der zufolge die Russen voll von Hass und Rachsucht waren und Leute massakrierten. Die überwiegende Mehrheit der Deutschen hatte ein mulmiges Gefühl vor den Russen, weil nicht wenige Frauen von den nächtlichen Zudringlichkeiten und Vergewaltigungen durch Russen zu hören bekamen. Eines Abends erlebte auch Siegfrieds Mutter deren Zudringlichkeit, als zwei etwas angetrunkene Russen klingelten und Annäherungsversuche starteten, doch es hatte sich im Viertel unter den Frauen herumgesprochen, dass die beste Abwehr die wäre, sich krank zu stellen. Die Mutter hustete kontinuierlich, seufzte und jammerte, wie schlecht es ihr ginge. Die beiden Russen zogen sich schnell zurück, denn sie wollten nicht infiziert werden.

Kapitel 3.1.4 Mutters Suche nach einer Arbeitsstelle

Siegfrieds Mutter, die in ihrer Ausbildungszeit eine Haushaltsschule besuchte, sah sich Ende 1945/Anfang 1946 nach Beschäftigungsmöglichkeiten um, damit sie die prekäre Situation, in die und ihre Kinder hineingeraten waren, einigermaßen meistern konnte, wohlwissend, dass sie, falls sie eine Stelle finden sollte, dieses Vorhaben nur verwirklichen konnte, wenn ihre Mutter aus dem Schwabenland auf die Kinder aufpassen und sie versorgen würde. Siegfried war Ende 1945 etwas über vier und der jüngere Bruder etwas über zwei Jahre alt.

Siegfrieds Mutter bat die freikirchliche Gemeinschaft um Mithilfe bei der Suche nach geeigneter Arbeit, doch auch deren Mitglieder wussten keine Haushaltsstellen, denn die meisten Haushalte konnten sich in der Nachkriegszeit keine Haushaltshilfe leisten. Aber auch andere Berufstätigkeiten oder Arbeitsstellen waren schwierig zu finden, weil durch die Zerstörung des Krieges vieles im Argen lag und erst wieder aufgebaut werden musste. Ihr aus dem Munde Jesu stammendes Motto "Suchet,

so werdet ihr finden", beflügelte sie bei ihrer
Suche. Mit den kleinen Kindern zog sie vormittags, nachdem der älteste Sohn zur Schule ging,
von einer Himmelsrichtung Weimars in die andere, doch ohne Erfolg Das alte Sprichwort
„Warum in die Ferne schweifen, wenn das Glücke
liegt so nahe" hat sich schließlich auch in der
Lebenswelt der Mutter bewahrheitet. Die Ärztin, die eine Praxis mit angeschlossenem Privathaushalt im zweiten Stock hatte, sah, wie
die Mutter ordentlich und sauber war und ihre
Mietswohnung pflegte; sie sprach sie eines Tages an, ob sie, da sie sehr ausgelastet sei,
nicht halbtags bei ihr tätig sein könne. Sie
brauche eine Haushaltshilfe, die Erfahrung
habe, die zuverlässig sei und gründlich arbeite. Die Mutter willigte sofort ein. Um diese
Halbtagsstelle antreten zu können, musste jedoch Siegfrieds Großmutter aus dem Westen in
den Osten Deutschlands ziehen, was der damaligen Fluchtbewegung konträr war, denn die überwiegende Mehrheit der Deutschen wollte von Ost
nach West. Die Großmutter überlegte nicht
lange, sondern sagte sofort zu. Sie war eine
Frau, die keine Risiken scheute und sich
freute, wenn sie helfen konnte. In ihrem westdeutschen Wohnort Weiler hatten die Dorfbewoh-
ner/innen ihr abgeraten, diese Reise in den
Osten anzutreten. „Die Russen sind gefährlich
und die kennen keine Gnade", waren deren Worte.
Sie ließ sich aber trotz der teilweise immer
noch zerstörten Verkehrswege nicht davon abbringen, die Strapazen auf sich zu nehmen. Sie
war eine wahre Christin, die dort zur Stelle

sein wollte, wo ihre Tochter und ihre Enkel-kinder hilfebedürftig waren.

Mithilfe der Oma aus dem Dorf Weiler konnte die Mutter zuversichtlich sein, dass ihre Kinder gut aufgehoben und gut umsorgt wur-den, wenngleich beide unterschiedliche pädago-gische Positionen vertraten. So verrichtete sie bei der Ärztin die anfallenden Haushaltstä-tigkeiten; sie räumte auf, putzte, hin und wie-der musste sie waschen und Wäsche bügeln, etwas später auch noch kochen und einkaufen gehen, ja sogar kleinere Gartenarbeiten wurden von ihr abverlangt. Die Ärztin war mit ihrer Arbeit sehr zufrieden und behandelte auch manchmal die Kinder kostenlos, insbesondere dann, wenn sie starken Husten hatten.

Kapitel 3.1.5 Siegfrieds Einschulung

Im September 1949 wurde Siegfried in die Karl Marx Schule eingeschult, die gleiche Schule, die seit 1945 bereits von dem älteren Bruder besucht wurde. Früher hieß sie Sophien-Gymna-sium, zu Ehren der Großherzogin Sophie. Der Lehrermangel war 1949 nicht mehr ganz so schwerwiegend wie direkt nach dem Krieg, als der Unterricht für den älteren Bruder zum Teil nur stundenweise möglich war und einige Fächer gar nicht unterrichtet werden konnten, weil es an Lehrkräften mangelte. Entweder waren viele Lehrer im Krieg gefallen oder sie waren als frühere Nazi-Lehrer/innen beim Entnazifizie-

rungsverfahren durchgefallen. Es gab Schnellkurse für neue Lehrer/innen oder es wurden auch
pensionierte Lehrkräfte aus ihrem Ruhestand
geholt. Siegfried bekam zur Einschulung eine
Schultüte, auf die er ganz stolz war. Sie kompensierte die triste Atmosphäre der nach-
kriegszeitlichen Not und Entbehrung. Er war ein
hervorragender Schüler, der bereits zu Schul-
beginn rechnen, schreiben und lesen konnte, sodass er sich ständig meldete, denn er hatte mit
Neugier auf die von seinem älteren Bruder zu
erledigenden Hausaufgaben geschaut und mitge-
lernt.

Auf dem Schulhof spielten Siegfried
und sein älterer Bruder, wenn immer sie eine
Gelegenheit fanden, Fußball. Der Ball selbst
stammte noch aus der SS-Siedlung, den der Vater, der selbst fußballbegeistert war, Siegfried und seinem älteren Bruder kaufte. Es war
eine Abwechslung zu ihrem öden Alltag, der zumeist als Suche nach Essbarem bezeichnet werden
konnte. Beim Fußballspielen, das als eine Ver-
schönerung ihres hässlichen Lebens in der Nachkriegszeit betrachtet werden konnte, blühten
sie so richtig auf. Andere Kinder gesellten
sich oft zu ihnen. Da es weder Tor-Latte noch
Tor-Pfosten gab, legten sie zur Markierung der
Pfosten einen Teil ihrer abgelegten Kleider
hin. Wenn mehrere Kinder sich zum Fußballspielen einfanden, entschieden sie sich, zwei Mannschaften zu bilden und gegen einander zu spielen. Siegfried war zwar der jüngste Spieler auf
dem Platz, doch er wurde nicht nur von seinen
Mitspielern, sondern auch von der Gegenmann-
schaft bewundert. Er verteidigte solide und

stürmte schnell und erfolgreich nach vorne. Immer wieder war von dem einen oder anderen Kind zu hören, dass Siegfried sich zu einem einmaligen Fußballspieler entwickeln werde.

Kapitel 3.1.6 Religion in Zeiten der Not

Am Wochenende stand immer die freikirchliche Gemeinschaft im Mittelpunkt, denn Siegfrieds Mutter und Großmutter waren schon vor dem Krieg gläubige Christinnen und nach dem Krieg wurden sie noch gläubiger. Während sich viele Gläubige nach dem Krieg von Gott und der Kirche abwandten, weil sie nicht verstehen konnten, dass Gott solch eine Schreckensherrschaft und so viel Leid, Schmerzen und Qualen zugelassen hatte, bauten sie auf Gott und waren dankbar dafür, dass sie noch am Leben waren, was für sie jedoch kein Untätig-Sein implizierte, sondern sie anregte, sich immer wieder auf die Suche nach Möglichkeiten zu begeben, das momentane Dasein zu verbessern. Für die Mutter war die Religion auf keinen Fall Opium für das Volk, wie dies im russischen Kommunismus der Sowjets deutlich wurde, sondern die Kraft, die sie zum Weitermachen in der düsteren Nachkriegszeit veranlasste. Die Bibelschule und die Predigt trugen bei ihr zu einer positiven Spiritualität bei. Für Siegfried und die Geschwister, die mit der Bibelschule und der Predigt wenig anfangen konnten, da die christliche Botschaft der Erlösung für sie zu abstrakt war, waren es andere Beweggründe, welche die kirchliche Gemeinschaft attraktiv erscheinen ließ. Nach dem Gottesdienst gab es hin und wieder selbstgebackenen Kuchen und belegte Brote, die einige Mitglieder vom Dorfe mitbrachten, denn auf dem Lande war die Versorgungslage um einiges besser als in der Stadt und das gemeinschaftliche Essen war etwas Außergewöhnliches in Zeiten der Not. Für Siegfried und die Brüder war das Materielle wichtiger als das Spirituelle. Wer konnte ihnen das in einer Zeit der Essensknappheit verübeln. Es bewahrheitete sich eben die alte materialistische Weisheit, dass der Mensch vor allem anderen etwas zu essen und trinken, Kleidung und eine Wohnung braucht und sich erst dann auf geistige Bedürfnisse ausrichten kann.

Kapitel 3.1.7 Ausreise aus Weimar

Anfang Oktober 1949 war es schließlich so weit, dass die Familie auf Grund eines Rückenleidens der Mutter und daraus folgender beschränkter Arbeitsfähigkeit, die in einem von der Ärztin festgehaltenen Attest bescheinigt wurde, legal aus Weimar in den Westen ausreisen durfte. Die Ärztin verlor sie nicht gerne, weil sie zuverlässig war und gute Arbeit verrichtete. Die Ärztin, die während der Weimarer Republik ihre Praxis aufbaute, war das erste Mal mit einem lupenreinen Demokraten verheiratet, der im Nationalsozialismus verfolgt und eingesperrt wurde. Sie ließ sich im NS-Regime von ihm scheiden und heiratete einen nationalsozialistischen Sturmbannführer. Nachdem dieser im Krieg gefallen war, heiratete sie in der Zeit der russischen Besatzung einen deutschen Kommunisten. Ihre Ehemänner wurden stets durch die politischen Moden diktiert und sie vertrat immer die poltische Gesinnung der jeweiligen Zeit. Ihre ärztliche Praxis boomte in der Demokratie, in der NS-Herrschaft und nunmehr im Kommunismus. Ihre These war, dass man sich stets im Leben anpassen müsse. Auf diese Weise wäre der Erfolg garantiert. Misserfolg dagegen entstünde, wenn man gegen den Strom schwimmen wolle. Ihr opportunistischer Erfolg schien ihr Recht zu geben.

Am letzten Wochenende gab es dann noch eine große Abschiedsfeier in der freikirchlichen Gemeinschaft. Es wurde das Lied angestimmt „Sehen wir uns noch einmal wieder", wobei so manch eine Träne vergossen wurde. Es gab die Stimmung wieder, die sich bei den meisten Gläubigen breitmachte, dass der Osten und der Westen auf lange Zeit getrennt sein würden und es keine Hoffnung auf ein Wiedersehen im Hier und Jetzt geben könne. Doch die Gläubigen waren überzeugt von einem Wiedersehen im Himmel oder einer besseren, von Christus herbeigeführten neuen Welt. Die Familie verabschiedete sich von den Nachbarn, Freunden und insbesondere von der Ärztin, der sie die Ausreise zu verdanken hatte. Fast alle diese Menschen blieben in der sowjetisch besetzten Zone und in der späteren DDR.

Kapitel 4

Kapitel 4.1 Leben in der Nachkriegszeit

Kapitel 4.1.1 Auf der Flucht

Mit einem Handwagen, den Siegfried und sein älterer Bruder zogen und dem Fahrrad, das die Mutter schob und dem daneben her gehenden jüngeren Sohn, der gerade einmal zwei Jahre alt war, begab sich die Familie mit den wenigen, von den Russen erlaubten Habseligkeiten in das 3 km entfernte Bahnhofsviertel. Silber, Schmuck, Uhren, Radio und Haushaltsgegenstände mussten sie zurücklassen. Es war ein herrlicher Tag mit Sonnenschein und ziemlich hohen Temperaturen. Die Vögel zwitscherten, Hunde rollten sich im Gras, als ob das Leben einfach so weiter ginge wie zuvor, während doch für die Familie, wie auch für viele andere vertriebenen Familien, ein ganz anderes Leben beginnen sollte. Für die Kinder war die Vertreibung einschneidend, da sie mit dem Verlust des Hauses ihre frühere Sicherheit und Geborgenheit verloren. An ihre Stelle traten nunmehr Angst und Unsicherheit. Die Mutter machte sich Sorgen, was alles auf sie zukommen werde und ob sie für die Kinder in diesen ungewissen Zeiten das Lebensnotwendigste beschaffen könne. Für sie und die Kinder begann die Stunde null in ihrem Leben. Sie mussten mit wenigen Habseligkeiten den Neuanfang versuchen und eine neue Lebensgrundlage schaffen. Als Christin verlor sie nie den Lebensmut im Gegensatz zu nicht wenigen Vertriebenen, die die Hoffnung aufgaben. Es kamen ihr die Psalm-Worte in den Sinn: „Der Herr ist mein Hirte, mir wird nichts mangeln. Er weidet mich auf einer grünen Aue und führet mich zum frischen Wasser". Sie fühlte sich nicht, wie viele anderen Vertriebene auf sich allein gestellt und zurückgeworfen. Gott war ihrer Vorstellung entsprechend auf ihrer Seite und sie war zuversichtlich, dass er ihr in der Zukunft Beistand leisten würde.

Während der anstrengenden Flucht stellte Siegfried trotz oder vielmehr gerade wegen des Erschöpfungszustandes, in dem er sich befand, immer wieder Warum-Fragen, während der jüngere Bruder Schwierigkeiten hatte, mitzuhalten und dem älteren es darum ging, schnellsten den Handwagen zu ziehen, damit sie so bald wie nur möglich ihr Ziel erreichen konnten. „Warum haben uns die Russen aus dem Haus geworfen"? fragte er „Sie hassen uns und wollen sich rächen gegen die schlimmen Sachen, die die Deutschen ihnen angetan haben", erwiderte die Mutter. „Aber wir haben doch den Russen nichts angetan"? entgegnete er. „Wir nicht, aber andere", waren ihre Äußerungen. „Welche anderen"? wollte er wissen. „Die im Krieg gegen die Russen gekämpft haben", sagte sie. Sofort schloss sich die Frage an: „Papa ist ja auch in den Krieg gezogen, dann hat er ebenfalls Russen getötet?" „Nein, das glaube ich nicht, denn Papa hat in Südeuropa gekämpft. Aber lasst uns jetzt auf den Fluchtweg konzentrieren; es ist in der Hitze zu anstrengend, den Wagen zu ziehen, das Fahrrad zu schieben und Fragen zu beantworten", gab sie zu bedenken. So zogen sie stöhnend weiter und jammerten über den beschwerlichen Fußmarsch in eine ungewisse Zukunft.

Vom Vater war gegen Ende des Krieges nichts mehr zu hören. „Wo ist Papa, der könnte uns beim Ziehen helfen, der ist stark" war nach der ersten Fragenrunde eine weitere an die Mutter gestellte Frage, doch sie wusste es auch nicht. War er gefallen? War er in Gefangenschaft geraten? Hat er sich als Obersturmbannführer irgendwo versteckt, um nicht seine SS-Taten sühnen zu müssen? Die Familie marschierte schweißgebadet weiter. Mehrmals musste sie eine Rast machen. Es war einfach zu anstrengend für die Kinder. Zweimal wurde sie vom sowjetischen Militär gestoppt, die Waffenlieferungen im Wagen vermuteten. Der Weg war nicht nur beschwerlich, sondern führte auch an den von angloamerikanischen Bombern zerstörten Gebieten vorbei. So etwas hatten die Kinder zuvor in ihrem Leben noch nicht gesehen. Ein schrecklicher Anblick der zerbombten Häuser, aber noch schrecklicher war es die verwundeten Menschen auf der Strecke zu sehen. Das Elend und der Schrecken des Krieges manifestierten sich in den vielen Kriegsversehrten, Amputierten und Krüppeln, die sie am Rande des Weges zu Gesichte bekamen, die alle einen verzweifelten, niedergeschlagenen und hilflosen Eindruck machten. Die meisten von diesen Soldaten hatten anscheinend bis zuletzt für den Führer gekämpft. Sie bemerkten aber auch Frauen, die nicht am Krieg teilnahmen – Zivilisten – die im Gesicht und an den Armen verbrannt waren;

sehr wahrscheinlich war dies die Folge des Abwurfes von Brandbomben durch die Alliierten. „Schrecklich, schrecklich", seufzte die Mutter, während es den Kindern die Sprache verschlug. Es war für sie ein großer Schock, solch übel zugerichtete Menschen, die sie in ihrem bisherigen Leben noch nie gesehen hatten, zu Gesichte zu bekommen. Auch in ihrem späteren Leben kamen diese furchtbaren Bilder immer wieder in ihr Bewusstsein zurück.

Kapitel 4.1.2 Das neue Zuhause in Weimar

Nach drei Stunden Marsch über verwüstete, zerstörte und trostlose Areale erreichten sie erschöpft und verzweifelt schließlich die Wohnung im Erdgeschoss des Hauses, die nun in der Zukunft ihre Bleibe sein sollte. Das Haus gehörte einer Ärztin, die im zweiten Stock ihre Praxis und Wohnung hatte. Sie empfing die Familie, gab ihnen, nachdem sie mitbekam, wie dehydriert sie war, etwas Wasser zu trinken, das in der Zwischenzeit rar wurde, weil die Wasserversorgung unter der Zerstörung stark beeinträchtigt wurde. Sie händigte der Mutter die Schlüssel aus, nachdem sie eine kleine Miete - einen Teil ihrer Ersparnisse - für den kommenden Monat bezahlte. Als die Mieter die Eingangstüre zur Wohnung öffneten, kam ihnen ein widerlicher, penetranter Geruch entgegen. In der Wohnung waren noch Möbelstücke der gen

Westen ziehenden, früheren Mieter zurückgelassen worden. Doch sie waren unansehnlich; es waren urinierte Matratzen, was wahrscheinlich ein Hinweis auf Bettnässen von Kleinkindern war, verdreckte Böden und eine verschmutzte Küche. Die Wohnung hatte drei Zimmer, Küche und ein Badzimmer mit Toilette; in ihm befand sich eine Badewanne ohne funktionierende Heißwasserversorgung. Unter normalen Umständen hätte keine Familie solch eine Wohnung gemietet, doch auf Grund der Wohnungsnot war eine Entscheidung für schönes Wohnen in weite Ferne gerückt. Es ging nunmehr darum, aus miesen Wohnbedingungen etwas Wohnbares zu machen, statt obdachlos zu sein. Ein Vergleich mit dem früheren Haus in der SS-Siedlung war einfach nicht angebracht. Es brachen andere Zeiten herein. Die Ärztin entschuldigte sich für die Unordnung und teilte der Familie mit, dass die vorherigen Mieter vor einiger Zeit Hals über Kopf die Wohnung verließen und gen Westen flohen. „Ich bleibe hier, ich werde hier gebraucht und ich habe den Russen gegenüber keinerlei Berührungsängste. Ich werde mit ihnen zusammenarbeiten und weiterhin für die kranken Menschen da sein", gab sie zu erkennen. Danach fragte sie noch die Mutter, ob sie die Möbel kostenlos übernehmen wolle, worauf sie mit einem klaren „Ja" antwortete, denn die Familie hatte ja keinerlei Möbel aus ihrem alten Haus mitnehmen dürfen. „Lieber auf urinierten Matratzen als auf dem Boden schlafen, lieber eine verdreckte Küche haben als gar keine", räsonierte die Mutter. Die Kinder waren enttäuscht über das neue Zuhause, denn das Haus in der Siedlung war für sie im Vergleich zu dieser schäbigen Wohnung vorzüglich. Siegfried sprach auch für die Geschwister, wenn er die Mutter fragte: „Warum müssen wir hier wohnen? Die Wohnung gefällt mir überhaupt nicht". Die Mutter konnte zwar mit Siegfrieds Besorgnis sympathisieren, doch sie stellte nochmals klar, dass nur die Straße eine alternative Wohnmöglichkeit wäre.

Da in Weimar, wie auch in anderen deutschen Städten durch die vielen Vertriebenen aus den Ostgebieten Wohnraummangel herrschte und nur eine bestimmte Quadratmeterzahl den Mietern zustand, wurde von oberster Planungsstelle der sowjetischen Militäradministration eine weitere Untermieterin dort einquartiert. Es war eine unhöfliche, arrogante und grobe Frau, die als Vertriebene aus Ostpreußen flüchtete und deren Mann im Krieg fiel. Sie fand irgendwie heraus, dass Siegfrieds Mutter aus der SS-Siedlung fliehen musste und mit einem Nazi verheiratet war. Sie war gegen die Nazis und machte sie dafür verantwortlich, dass sie ihren Ehemann verlor, der nur mit Widerwillen in den Krieg zog und auch dafür, dass sie ihr Hab und Gut verlor. Als Siegfrieds Mutter dann einmal das Thema Untermietszahlung ansprach, rastete sie aus und schrie: „Du Nazischwein willst Geld von mir haben und du hast mein Leben zerstört". Sie konnte sich überhaupt nicht mehr kontrollieren und schlug ihr mit voller Wucht ins Gesicht. Tagelang war ihr Gesicht geschwollen und rot. Die Kinder konnten nicht verstehen, warum die Frau so aggressiv wurde und fragten ihre Mutter: „Warum ist die Frau so wütend? Warum schlägt sie um sich? Wir haben ihr doch nichts getan". Zweifelsohne hatten die Kinder und die Mutter ihr nicht direkt etwas angetan und deshalb war es für sie schwierig, den Wutausbruch dieser Untermieterin zu verstehen, den man eigentlich nur nachvollziehen konnte, wenn man das Ausrasten in einen historischen und politischen Rahmen einzuordnen vermochte. Solche Zusammenhänge konnten die Kinder nicht herstellen.

Die Mutter besprach die aufregende Situation mit ihren verdutzten Kindern. Ihre Frage an sie war, ob sie, ihrer Meinung nach, hätte zurückschlagen sollen. Es folgte eine hitzige Debatte über das Verhalten der Mutter auf die Wutausbrüche und Schläge der Untermieterin. Die Reaktionen des ältesten Sohns und Siegfrieds waren ganz unterschiedlicher Art. Siegfried ältester Bruder war der festen Überzeugung, dass sich die Mutter hätte wehren sollen, sonst würde sie nämlich das Gleiche nochmals tun. Die christliche Mutter versuchte den Kindern Jesus und seine Bergpredigt zu zitieren, in welcher er seinen Nachfolgern riet, dass wenn jemand sie auf die linke Wange schlage, sie die rechte auch noch hinhalten sollten. Jesus sagte auch, die Feinde zu lieben und das werde sie in ihrem Verhalten zur Untermieterin bei der nächsten Begegnung zum Ausdruck bringen. Siegfried, erst vier Jahre alt, hatte schon früh in seinem Leben begriffen, dass wenn der eine schlägt und der andere zurückschlägt, das Schlagen nicht aufhören wird. Er vertrat schon in jungen Jahren eine pazifistische These, die in seinem späteren Leben bestimmend wurde, dass Gewalt Gegengewalt erzeugen werde und Gegengewalt erneut Gewalt hervorrufen werde. Auf diese Weise werde Gewalt nie enden. Das Verhalten der Mutter fand er angemessen, denn ihr Verhalten hätte eine mögliche Spirale der Gewalt vermieden. Beim nächsten Aufeinandertreffen grüßte die Mutter die Untermieterin freundlich, als ob nichts gewesen wäre. Die Untermieterin war völlig verblüfft, denn sie hatte eine andere Reaktion erwartet. In der Folgezeit kam es zu keinen Gewaltausbrüchen der Untermieterin mehr. Hin und wieder meldete sie sich bei der Mutter, wenn die Kinder zu laut wurden; dann wirkte sie auf sie ein und sie beruhigten sich. Diese hatten immer noch das Bild der um sich schlagenden Untermieterin in ihrem Kopf und das schreckte sie ab. Die Untermieterin zog nach zwei Jahren aus, da ihr die Räumlichkeiten zu eng wurden und ihr die gemeinsame Nutzung des Badezimmers unangenehm war. Sie fand eine etwas größere Wohnung in den Randbezirken Weimars.

Kapitel 4.1.3 Die schlechte Versorgungslage

Die Versorgungslage Weimars war, wie die anderer Städte, katastrophal. Die Überlebenden waren jedoch dankbar, mit dem Leben davon gekommen zu sein, was für viele Menschen bei den fortwährenden Bombardements in den beiden letzten Kriegsjahren bei Leibe nicht selbstverständlich war. Die sowjetische Militäradministration führte nach dem Krieg einheitliche Lebensmittelnormen ein mit täglichen Rationen von Brot, Kartoffeln, Fett, Mehl und Zucker. Die Zuteilung war quantitativ aber auch qualitativ gesehen unzureichend. Die defizitäre Ernährung, insbesondere der Mangel an Eiweißen und Fetten, trug dazu, dass Siegfried und die Geschwister sich nie gesättigt fühlten und immer wieder über Hunger klagten und dass es dadurch in der Familie immer wieder zu einer aggressiven und gereizten Stimmung kam. Jeder war sich selbst der Nächste, mit Ausnahme der Mutter, die nicht selten ihr zugeteiltes Brot an die Kinder abgab. Die Notrationierung von Lebensmitteln und der weitverbreitete Hunger setzten zunehmend egoistische Gefühle frei, denn jeder der Brüder wollte sofort die auf den Tisch gelegten Nahrungsmittel ergattern. Immer wieder fragte Siegfried, warum sie in der SS-Siedlung genügend zu essen hatten und jetzt hungern mussten. Die drei Kinder konnten es einfach nicht verstehen, dass sie nunmehr in der Nachkriegszeit so viel entbehren mussten. Sie sehnten sich zurück in die Welt der SS-Siedlung, wo die Welt bis 1943/44 noch einigermaßen in Ordnung war und sie nicht durch Hunger geplagt wurden, denn es gab dort auch während des Krieges auf Grund der organisierten Vorräte zumeist ausreichend zu essen.

Die schlechte Versorgungslage war auf die Produktionsschwäche der Landwirtschaft in der sowjetisch besetzten Zone Deutschlands, aber auch auf Verteilungsprobleme der obersten

Dienststellen zurückzuführen. Einige von Hunger bedrohte Familien, insbesondere Frauen, demonstrierten gegen ungenügende Lebensmittelrationen, was Siegfrieds Mutter nie getan hätte. Sie überlegte sich lieber Alternativen zur miserablen Versorgungslage. Außerdem führte der strenge Winter 1946/47 zu einem Energieversorgungsengpass. Die Kohlekrise machte nicht nur Siegfried und seiner Familie, sondern auch anderen Familien zu schaffen. Nur wenig Braunkohle stand den Menschen für die Verbrennung im Ofen zur Verfügung. Siegfried und seine Brüder sammelten zwar abgefallene Äste, doch deren Brennwert war im Gegensatz zur Braunkohle sehr gering.

Not macht jedoch nicht selten erfinderisch. Wo es bestimmte Produkte entweder nicht mehr oder nur beschränkt gab, musste man nach alternativen Essmöglichkeiten suchen, die in der Natur trotz Krieg noch vorhanden waren. Die Mutter, die in ihrer Haushaltsschule u. a. auch Ernährungslehre als Fach belegte, regte die Kinder an, gegen Fettmangel Bucheckern in den Wäldern aufzulesen, um auf diese Weise den niedrigen Rationen an Fett entgegen zu wirken. Auch gefallene Kastanien und Ähren, nachdem die Felder bereits abgeerntet waren, wurden für Mehl und Brot gesammelt. In der Sommerzeit war es auch möglich, die auf dem Boden liegenden Äpfel und Birnen aufzuheben, was auch die gravierenden Ernährungsdefizite ein wenig kompensierte. „Äpfel vom Baum zu holen ist klauen, Äpfel vom Boden aufzuheben, ist erlaubt" – so die moralische Lehre der Mutter. Als die Kinder einmal im Spätsommer/Frühherbst Äpfel sammelten, kam ein Russe mit der Waffe in der Hand zu den umliegenden Obstbäumen auf die Kinder zu, die beinahe starr vor Schreck und bleich im Gesicht waren. „Wir haben gestohlen und der Russe knallt uns jetzt ab", war die einmütige Reaktion der drei Kinder. „Wahrscheinlich ist für den Russen, Äpfel vom Boden aufheben – im Gegensatz zur Meinung der Mutter – auch stehlen", befürchteten sie. Doch das Gegenteil war der Fall. Er sah, wie die Kinder die teilweise schon angefaulten Äpfel vom Boden aufsammelten und holte für sie einige wunderschöne vom Baum, richtete einige Worte an sie, die sie nicht verstehen konnten und gab nicht nur den Kindern die Früchte, sondern streichelte auch ihr Gesicht. Siegfried war ganz begeistert von dem netten und hilfsbereiten Russen und erzählte es nach der Rückkehr sofort seiner Mutter, die es kaum glauben konnte, denn viele Deutsche bekamen während des Krieges die Nazi-Propaganda eingetrichtert, der zufolge die Russen voll von Hass und Rachsucht waren und Leute massakrierten. Die überwiegende Mehrheit der Deutschen hatte ein mulmiges Gefühl vor den Russen, weil nicht wenige Frauen von den nächtlichen Zudringlichkeiten und Vergewaltigungen durch Russen zu hören bekamen. Eines Abends erlebte auch Siegfrieds Mutter deren Zudringlichkeit, als zwei etwas angetrunkene Russen klingelten und Annäherungsversuche starteten, doch es hatte sich im Viertel unter den Frauen herumgesprochen, dass die beste Abwehr die wäre, sich krank zu stellen. Die Mutter hustete kontinuierlich, seufzte und jammerte, wie schlecht es ihr ginge. Die beiden Russen zogen sich schnell zurück, denn sie wollten nicht infiziert werden.

Kapitel 4.1.4 Mutters Suche nach einer Arbeitsstelle

Siegfrieds Mutter, die in ihrer Ausbildungszeit eine Haushaltsschule besuchte, sah sich Ende 1945/Anfang 1946 nach Beschäftigungsmöglichkeiten um, damit sie die prekäre Situation, in die und ihre Kinder hineingeraten waren, einigermaßen meistern konnte, wohlwissend, dass sie, falls sie eine Stelle finden sollte, dieses Vorhaben nur verwirklichen konnte, wenn ihre Mutter aus dem Schwabenland auf die Kinder aufpassen und sie versorgen würde. Siegfried war Ende 1945 etwas über vier und der jüngere Bruder etwas über zwei Jahre alt.

Siegfrieds Mutter bat die freikirchliche Gemeinschaft um Mithilfe bei der Suche nach geeigneter Arbeit, doch auch deren Mitglieder wussten keine Haushaltsstellen, denn die meisten Haushalte konnten sich in der Nachkriegszeit keine Haushaltshilfe leisten. Aber auch andere Berufstätigkeiten oder Arbeitsstellen waren schwierig zu finden, weil durch die Zerstörung des Krieges vieles im Argen lag und erst wieder aufgebaut werden musste. Ihr aus dem Munde Jesu stammendes Motto "Suchet, so werdet ihr finden", beflügelte sie bei ihrer Suche. Mit den kleinen Kindern zog sie vormittags, nachdem der älteste Sohn zur Schule ging, von einer Himmelsrichtung Weimars in die andere, doch ohne Erfolg Das alte Sprichwort „Warum in die Ferne schweifen, wenn das Glücke liegt so nahe" hat sich schließlich auch in der Lebenswelt der Mutter bewahrheitet. Die Ärztin, die eine Praxis mit angeschlossenem Privathaushalt im zweiten Stock hatte, sah, wie die Mutter ordentlich und sauber war und ihre Mietswohnung pflegte; sie sprach sie eines Tages an, ob sie, da sie sehr ausgelastet sei, nicht halbtags bei ihr tätig sein könne. Sie brauche eine Haushaltshilfe, die Erfahrung habe, die zuverlässig sei und gründlich arbeite. Die Mutter willigte sofort ein. Um diese Halbtagsstelle antreten zu können, musste jedoch Siegfrieds Großmutter aus dem Westen in den Osten Deutschlands ziehen, was der damaligen Fluchtbewegung konträr war, denn die überwiegende Mehrheit der Deutschen wollte von Ost nach West. Die Großmutter überlegte nicht lange, sondern sagte sofort zu. Sie war eine Frau, die keine Risiken scheute und sich freute, wenn sie helfen konnte. In ihrem westdeutschen Wohnort Weiler hatten die Dorfbewohner/innen ihr abgeraten, diese Reise in den Osten anzutreten. „Die Russen sind gefährlich und die kennen keine Gnade", waren deren Worte. Sie ließ sich aber trotz der teilweise immer noch zerstörten Verkehrswege nicht davon abbringen, die Strapazen auf sich zu nehmen. Sie war eine wahre Christin, die dort zur Stelle sein wollte, wo ihre Tochter und ihre Enkelkinder hilfebedürftig waren.

Mithilfe der Oma aus dem Dorf Weiler konnte die Mutter zuversichtlich sein, dass ihre Kinder gut aufgehoben und gut umsorgt wurden, wenngleich beide unterschiedliche pädagogische Positionen vertraten. So verrichtete sie bei der Ärztin die anfallenden Haushaltstätigkeiten; sie räumte auf, putzte, hin und wieder musste sie waschen und Wäsche bügeln, etwas später auch noch kochen und einkaufen gehen, ja sogar kleinere Gartenarbeiten wurden von ihr abverlangt. Die Ärztin war mit ihrer Arbeit sehr zufrieden und behandelte auch manchmal die Kinder kostenlos, insbesondere dann, wenn sie starken Husten hatten.

Kapitel 4.1.5 Siegfrieds Einschulung

Im September 1949 wurde Siegfried in die Karl Marx Schule eingeschult, die gleiche Schule, die seit 1945 bereits von dem älteren Bruder besucht wurde. Früher hieß sie Sophien-Gymnasium, zu Ehren der Großherzogin Sophie. Der Lehrermangel war 1949 nicht mehr ganz so schwerwiegend wie direkt nach dem Krieg, als der Unterricht für den älteren Bruder zum Teil nur stundenweise möglich war und einige Fächer gar nicht unterrichtet werden konnten, weil es an Lehrkräften mangelte. Entweder waren viele Lehrer im Krieg gefallen oder sie waren als frühere Nazi-Lehrer/innen beim Entnazifizierungsverfahren durchgefallen. Es gab Schnellkurse für neue Lehrer/innen oder es wurden auch pensionierte Lehrkräfte aus ihrem Ruhestand geholt. Siegfried bekam zur Einschulung eine Schultüte, auf die er ganz stolz war. Sie kompensierte die triste Atmosphäre der nach-kriegszeitlichen Not und Entbehrung. Er war ein hervorragender Schüler, der bereits zu Schul-beginn rechnen, schreiben und lesen konnte, so-dass er sich ständig meldete, denn er hatte mit Neugier auf die von seinem älteren Bruder zu erledigenden Hausaufgaben geschaut und mitge-lernt.

Auf dem Schulhof spielten Siegfried und sein älterer Bruder, wenn immer sie eine Gelegenheit fanden, Fußball. Der Ball selbst stammte noch aus der SS-Siedlung, den der Va-ter, der selbst fußballbegeistert war, Sieg-fried und seinem älteren Bruder kaufte. Es war eine Abwechslung zu ihrem öden Alltag, der zu-meist als Suche nach Essbarem bezeichnet werden konnte. Beim Fußballspielen, das als eine Ver-schönerung ihres hässlichen Lebens in der Nach-kriegszeit betrachtet werden konnte, blühten sie so richtig auf. Andere Kinder gesellten sich oft zu ihnen. Da es weder Tor-Latte noch Tor-Pfosten gab, legten sie zur Markierung der Pfosten einen Teil ihrer abgelegten Kleider hin. Wenn mehrere Kinder sich zum Fußballspie-len einfanden, entschieden sie sich, zwei Mann-schaften zu bilden und gegen einander zu spie-len. Siegfried war zwar der jüngste Spieler auf dem Platz, doch er wurde nicht nur von seinen Mitspielern, sondern auch von der Gegenmann-schaft bewundert. Er verteidigte solide und stürmte schnell und erfolgreich nach vorne. Im-mer wieder war von dem einen oder anderen Kind zu hören, dass Siegfried sich zu einem einma-ligen Fußballspieler entwickeln werde.

Kapitel 4.1.6 Religion in Zeiten der Not

Am Wochenende stand immer die freikirchliche Gemeinschaft im Mittelpunkt, denn Siegfrieds Mutter und Großmutter waren schon vor dem Krieg gläubige Christinnen und nach dem Krieg wurden sie noch gläubiger. Während sich viele Gläubige nach dem Krieg von Gott und der Kirche abwandten, weil sie nicht verstehen konnten, dass Gott solch eine Schreckensherrschaft und so viel Leid, Schmerzen und Qualen zugelassen hatte, bauten sie auf Gott und waren dankbar dafür, dass sie noch am Leben waren, was für sie jedoch kein Untätig-Sein implizierte, sondern sie anregte, sich immer wieder auf die Suche nach Möglichkeiten zu begeben, das momentane Dasein zu verbessern. Für die Mutter war die Religion auf keinen Fall Opium für das Volk, wie dies im russischen Kommunismus der Sowjets deutlich wurde, sondern die Kraft, die sie zum Weitermachen in der düsteren Nachkriegszeit veranlasste. Die Bibelschule und die Predigt trugen bei ihr zu einer positiven Spiritualität bei. Für Siegfried und die Geschwister, die mit der Bibelschule und der Predigt wenig anfangen konnten, da die christliche Botschaft der Erlösung für sie zu abstrakt war, waren es andere Beweggründe, welche die kirchliche Gemeinschaft attraktiv erscheinen ließ. Nach dem Gottesdienst gab es hin und wieder selbstgebackenen Kuchen und belegte Brote, die einige Mitglieder vom Dorfe mitbrachten, denn auf dem Lande war die Versorgungslage um einiges besser als in der Stadt und das gemeinschaftliche Essen war etwas Außergewöhnliches in Zeiten der Not. Für Siegfried und die Brüder war das Materielle wichtiger als das Spirituelle. Wer konnte ihnen das in einer Zeit der Essensknappheit verübeln. Es bewahrheitete sich eben die alte materialistische Weisheit, dass der Mensch vor allem anderen etwas zu essen und trinken, Kleidung und eine Wohnung braucht und sich erst dann auf geistige Bedürfnisse ausrichten kann.

Kapitel 4.1.7 Ausreise aus Weimar

Anfang Oktober 1949 war es schließlich so weit, dass die Familie auf Grund eines Rückenleidens der Mutter und daraus folgender beschränkter Arbeitsfähigkeit, die in einem von der Ärztin festgehaltenen Attest bescheinigt wurde, legal aus Weimar in den Westen ausreisen durfte. Die Ärztin verlor sie nicht gerne, weil sie zuverlässig war und gute Arbeit verrichtete. Die Ärztin, die während der Weimarer Republik ihre Praxis aufbaute, war das erste Mal mit einem lupenreinen Demokraten verheiratet, der im Nationalsozialismus verfolgt und eingesperrt wurde. Sie ließ sich im NS-Regime von ihm scheiden und heiratete einen nationalsozialistischen Sturmbannführer. Nachdem dieser im Krieg gefallen war, heiratete sie in der Zeit der russischen Besatzung einen deutschen Kommunisten. Ihre Ehemänner wurden stets durch die politischen Moden diktiert und sie vertrat immer die poltische Gesinnung der jeweiligen Zeit. Ihre ärztliche Praxis boomte in der Demokratie, in der NS-Herrschaft und nunmehr im Kommunismus. Ihre These war, dass man sich stets im Leben anpassen müsse. Auf diese Weise wäre der Erfolg garantiert. Misserfolg dagegen entstünde, wenn man gegen den Strom schwimmen wolle. Ihr opportunistischer Erfolg schien ihr Recht zu geben.

Am letzten Wochenende gab es dann noch eine große Abschiedsfeier in der freikirchlichen Gemeinschaft. Es wurde das Lied angestimmt „Sehen wir uns noch einmal wieder", wobei so manch eine Träne vergossen wurde. Es gab die Stimmung wieder, die sich bei den meisten Gläubigen breitmachte, dass der Osten und der Westen auf lange Zeit getrennt sein würden und es keine Hoffnung auf ein Wiedersehen im Hier und Jetzt geben könne. Doch die Gläubigen waren überzeugt von einem Wiedersehen im Himmel oder einer besseren, von Christus herbeigeführten neuen Welt. Die Familie verabschiedete sich von den Nachbarn, Freunden und insbesondere von der Ärztin, der sie die Ausreise zu verdanken hatte. Fast alle diese Menschen blieben in der sowjetisch besetzten Zone und in der späteren DDR.

Kapitel 5

Kapitel 5.1 Leben in einer matriarchalisch geprägten Arbeiterfamilie

Kapitel 5.1.1 Arbeit: das Lebenselixier der Mutter Siegfrieds

Da der Vater sich nach dem Krieg von der Familie absetzte, war es die Mutter. die die drei Kinder versorgen musste. Die Großmutter bekam zwar eine kleine Rente, die jedoch nicht für eine fünfköpfige Familie ausreichend war. Zwar konnte die Oma nach der Ankunft im Weiler 1949 bis zu ihrem Tode Ende1952 auf die Kinder aufpassen und somit ihrer Tochter den Eintritt ins Arbeitsleben ermöglichen, doch die sich als verantwortliche Erzieherin verstehende Mutter wollte immer um ihre Kinder herum sein; sie wollte zu jeder Zeit mitzubekommen, was sie machten, damit sie nicht auf die schiefe Bahn gerieten. Sie wollte kein Risiko eingehen und möglichst jeden Schritt ihrer Kinder antizipieren und vorausbestimmen können. Außerdem traute die Tochter ihrer eigenen Mutter nicht zu, eine gute Erziehung zu gewährleisten. Ihre pädagogischen Vorstellungen waren ziemlich konträr zu denen ihrer Mutter, was oft auch zu Auseinandersetzungen zwischen beiden führte. Die Großmutter ließ die Kinder, im Gegensatz zur Mutter, machen, was sie wollten. Sie war im Vergleich zur dominanten Mutter mehr oder weniger anti-autoritär eingestellt. Nicht selten gingen die Kinder zur Oma, um das zu machen, was sie machen wollten, nachdem ihnen die Mutter es verboten hatte. Diese Reibereien und Vorwürfe setzten der Oma mehr zu als dies bei Siegfrieds Mutter der Fall war. So war die Oma nach der Auseinandersetzung mit ihrer Tochter oft rot im Gesicht. Sie hatte hohen Blutdruck und die ständige Aufregung in der Familie schien sich auf ihre Gesundheit negativ auszuwirken. Es gab zu jener Zeit noch keine Tabletten im Weiler gegen hohen Blutdruck. Die Großmutter starb drei Jahre nach Rückkehr aus dem Osten an einem durch hohen Blutdruck verursachten Gehirnschlag. Inwiefern die ruhelosen und oft lauten und lärmenden Enkelkinder oder der Streit in Erziehungsfragen mit ihrer Tochter oder gar genetische Faktoren der Grund für den Tod der siebzigjährigen Oma waren, soll dahingestellt sein. Zweifelsohne hatte sie eine nette und freundliche Art mit Menschen im Dorf umzugehen, was sich auch im Umgang mit ihren Enkeln offenbarte. Daher war sie sehr beliebt bei ihren Enkeln und im Weiler und beinahe das ganze Dorf nahm an den Beerdigungsfeierlichkeiten teil. Die Enkelkinder weinten sehr, weil sie eine Person verloren hatten, die sich auch gegen den Widerstand der Mutter, zumeist auf ihre Seite zu stellen vermochte.

Nach dem Tod der Oma wurde die Mutter die alleinige Erzieherin. In dieser Patchwork-Familie musste sie durch die Abwesenheit des Vaters notgedrungen die Rolle der Versorgerin und Erzieherin übernehmen. Als alleinerziehende Mutter, die gleichzeitig für den Unterhalt der Kinder sorgen musste, war es unabdingbar, sich als starke und durchsetzungsfähige Frau - auch den Kindern gegenüber – zu fühlen. Mit der anti-autoritären Gepflogenheiten der Oma war es nunmehr vorbei. Gleichzeitig Erzieherin und Arbeiterin zu sein, überforderte manchmal Siegfrieds Mutter. Ihr Lebenselixier war Arbeit und nochmals Arbeit. Alles zum Wohle der Familie. Sie war der Überzeugung und wollte diese vielleicht nach außen zeigen, dass sie ihre Kinder ohne Ehemann und ohne seine Unterhaltszahlungen zu versorgen in der Lage war, obwohl viele Dorfbewohner/innen ihr den Ratschlag gaben, ihren Ehemann zu verklagen. Doch sie war der Meinung, es als Frau, in einer Art feministischer Denkform, auch alleine schaffen zu können. Sie wollte den Kindern ein gutes Leben gewährleisten und ging manchmal bis an die Grenzen ihrer Belastbarkeit. Die 1952 verstorbene Oma war Rentnerin und konnte so mehr ertragen als die überarbeitete Mutter, die mit ihren Nerven oft am Ende war.

Die Mutter arbeitete zunächst von zuhause aus, ehe sie einige Jahre später in einer Metallfabrik im Tal tätig war. Anfang der fünfziger Jahre suchten Firmen Hausfrauen, die quasi als Hausiererinnen von Haus zu Haus gingen, um bestimmte Produkte zu verkaufen. Siegfrieds Mutter war sehr angetan von der Idee, dass sie ihre Arbeitszeit selbst bestimmen und somit die Arbeiten während der Schulzeit der Kinder verrichten konnte. Sie sagte einer Speiseölfirma, einer Waschmittelfirma, einer Kakaofirma und einer Schokoladenfirma zu. Außerdem willigte sie noch ein, Zeitschriften auszutragen und zusätzlich Kunden für bestimmte Zeitschriften zu gewinnen, was wiederum zusätzlich Geld einbrachte. Sie schaffte es jedoch nicht, alle diese Dienstleistungen während der Schulzeit der Kinder zu verrichten, sodass sie nicht selten nachmittags und abends diesen Tätigkeiten nachgehen musste, was ihre jederzeitige Überwachungsmöglichkeiten der Kinder einschränkte.

Die Dorfbewohner/innen kauften die Produkte, die Siegfrieds Mutter anbot, obwohl es diese Artikel auch in den drei Tante Emma Läden im Weiler gab. Viele Verwandte im Dorf kauften die Ware, weil sie sich mit Siegfrieds Mutter eng verbunden fühlten, andere Familien des Dorfes kauften oft aus Mitleid, denn sie sahen, wie schwer es die Frau ohne Mann hatte, über die Runden zu kommen. Siegfrieds Mutter legte bei ihren Verkaufstouren oft längere Strecken zurück. Obwohl das Weiler in den fünfziger Jahren nur 1300 Einwohner zählte, war das Dorf vom Rathaus, dem Zentrum des Ortes, in die nördliche, südliche, östliche und westliche Richtungen je 1km ausgedehnt. Sie ging zu Fuß und trug oft schwere Lasten, sodass sie nicht selten abends über Schmerzen im Oberarm, Nacken und Rücken klagte. Sie fühlte sich überfordert und gedachte zunehmend die Kinder mit einzuspannen. Meistens war es Siegfried, der mitgehen musste, denn der ältere Bruder rebellierte immer mehr gegen die Bevormundung seiner Mutter und der jüngere Bruder schien ihren Vorstellungen entsprechend zu schwächlich und nicht so belastbar zu sein. Siegfrieds Mutter sah sich allmählich auch außerstande, die vielen Zeitschriften auszutragen, was dann auf Siegfried und seinen jüngeren Bruder übertragen wurde.

Als Laufbursche war es für ihn immer erfreulich, wenn der eine oder andere Abonnent ihm ein Trinkgeld zukommen ließ. Nicht selten war niemand zu Hause, sodass Siegfried seinen Botengang nochmals antreten musste. Manchmal führten Abonnenten eine Unterhaltung mit ihm; sie waren neugierig und wollten mehr Informationen über sein Leben erhalten, die sie dann an andere Dorfbewohner/innen oft in einer modifizierten Fassung weitergaben. Einmal klopfte er an eine Innentüre eines wie üblich nicht verschlossenen Hauses und niemand reagierte. Da er Geräusche hörte, öffnete er langsam die Tür und er konnte seinen Augen nicht trauen. Ein Paar lag im Wohnzimmer aufeinander und er konnte mitbekommen, wie die beiden in einander verliebt waren und Spaß an der Sache hatten. Die beiden sahen zwar Siegfried, aber sie ließen sich nicht stören und setzten ihre Liebesszene fort. Es war ihnen, im Gegensatz zu Siegfried, überhaupt nicht peinlich. Eine sexuelle Beziehung war für sie das Normalste der Welt. Sie ließen sich ihren Spaß nicht verderben. Als er seiner Mutter darüber berichtete, sagte sie lediglich „die Schweine". Die meisten Dorfbewohner/innen unterschieden sich von der prüden Sexualvorstellung der Mutter Siegfrieds, was er auch erlebte, als er eines Tages Beeren pflücken ging. Auf einer Wiese vor dem Wald lag ein Paar splitternackt und obwohl sie Siegfried sahen, ließen sie sich beim Liebesakt nicht stören. Sie hatten keinerlei Schamgefühle und es zeigte die Naturverbundenheit der Dorfbewohner/innen selbst bei sexuellen Tätigkeiten.

Im Laufe der Jahre wurde es Siegfrieds Mutter zunehmend klar, dass einige Dorfbewohner/innen nicht mehr sehr begeistert waren, Konsumartikel von ihr zu kaufen. Sie gingen in den Tante Emma Laden und kauften dort alles, was sie brauchten. Als sie selbst eines Tages zum Tante Emma Laden ging, nahm sie selbst wahr, wie ihre Kunden dort die von ihr angebotenen und die in früheren Zeiten von ihr gekauften Produkte erwarben. Die Haltung, warum für die gleiche Ware mehr bezahlt werden sollte als im Laden, spiegelt eben auch die schwäbische Geisteshaltung wider, überall wo nur möglich, Geld einzusparen. Es schmerzte Siegfrieds Mutter, ihre Kunden „wir haben noch" oder „wir haben noch nicht alles verbraucht" sagen zu hören. Sie befürchtete, dass in der Zukunft immer mehr Kunden abspringen würden und dadurch die Familie in finanzielle Schwierigkeiten geraten könnte. Diese Befürchtung war der Grund, dass sie sich nach einer anderen Arbeit umschaute und durch Zufall kam ihr zu Ohren, dass in Beuren im Tal, 5 km vom Weiler entfernt, Hilfsarbeiter/innen in einer Metallfabrik gesucht wurden. Ihre Entscheidung wurde prompt getroffen. Sie bewarb sich und wurde angenommen. Aber sie wollte die vorherigen Botengänge nicht völlig aufgeben, da sie noch einige loyale Stammkunden hatte, die weiterhin die von ihr angebotenen Waren zu kaufen bereit waren und dachte, das Ganze organisatorisch zu steuern und insbesondere Siegfried, in den sie viel Vertrauen setzte, als Laufbursche dafür einzusetzen.

Es fuhr zwar ein Bus zur Metallfabrik in Beuren, doch nur am frühen Morgen und am späten Nachmittag, sodass Siegfrieds Mutter sich entschied, ein gebrauchtes, preiswertes Moped von einem sich ein Auto zulegenden Dorfbewohner zu erwerben und mit diesem Fahrzeug dorthin zu fahren. In der Fabrik wurde von ihr verlangt, spezifische, mechanische Tätigkeiten auszuüben. In dieser Metallfabrik – hauptsächlich einer Zulieferfirma für Fahrzeuge - wurde u. a. Federn hergestellt und es war ihre Aufgabe, sie an ihren Ecken abzuschleifen. Der Handgriff wurde ihr gezeigt und sie war sehr schnell in der Lage, diese Funktionen zu verrichten. Sie übte die Praktiken bzw. die betreffenden Handhaltungen und Fingerkrümmungen in der Gegenwart des Betriebsleiters mehrmals ein. Schnell wurde sie industrietechnisch geformt und geprägt. Es war keine innovative und keine anspruchsvolle Arbeit; der Geist oder der Intellekt waren bei den Tätigkeiten nicht gefragt. Es war lediglich eine für sie und das Industrieunternehmen nützliche Arbeit; für sie war es das Ziel, Geld zu verdienen, für die Firma Waren für den Markt zu produzieren und daraus Profit zu machen. Doch nicht selten erzählte die Mutter den Kindern von Weggängen in der Fabrik. Anscheinend konnten sich einige Arbeiter/innen nicht an die Arbeitsbedingungen anpassen. Ihre Körper ließen sich nicht so leicht den betrieblichen Anforderungen unterwerfen. Es fehlte den betreffenden Dorfbewohner/innen anscheinend an Disziplin und Ausharre-Vermögen, die die Mutter ausreichend hatte und auch von den Kindern ebenso forderte.

Sie hatte nicht nur einen für die Firma nütz-
lichen, sondern auch einen stark belastbaren
Körper. Außerdem schienen manche Dorfbewoh-
ner/innen zu viel Lebendigkeit in sich zu ver-
spüren, sodass sich ihre Natur nicht in einer
unlebendigen Maschinenwelt zurechtfinden
konnte.

Als der Chef eines Tages mit der Frage
an Siegfrieds Mutter herantrat, ob sie Akkord-
arbeit gegen höhere Bezahlung machen würde,
sagte sie sofort zu, denn mehr Geld bedeutete
für sie zum einen mehr Geld für Notlagen, aber
auch mehr Geld für die noch offen gebliebenen
Wünsche der Kinder. Zusätzlich mit den Einnah-
men aus den diversen Hausierer- oder Botengän-
gen war die finanzielle Situation der Familie
die beste seit Kriegsende. Doch ob ihre emp-
fundene Berufs- und Nützlichkeitspflicht sie
auch glücklich machte oder sie ihr Leben bei
der Arbeit, wie die meisten Arbeiter/innen
dort, nur hinter sich bringen wollte, sei dahin
gestellt. Es gab einige Dorfbewohner/innen,
die die Meinung vertraten, dass diese an der
Maschine verpflichtende moderne Welt jenseits
jeglicher Menschenwürde sei. Die Mutter tat
diese Behauptung als nutzloses Geschwätz ab,
denn ihr war klar, dass sie in ihrer Notlage
nicht auf die Würde der Arbeit setzen konnte.

Jegliche Kommunikation war auf Grund
der lärmenden Maschinen während der Arbeitszeit nur beschränkt möglich. In der halbstün-
digen Mittagspause wurden Brötchen gegessen
und viel gequatscht. Das Thema drehte sich zumeist um Sex. Es schien, als ob allein schon

durch das Gespräch darüber sie ihre entfremdeten Arbeitsbedingungen kompensieren konnten.
Siegfrieds Mutter erzählte oft zu Hause, wie
schlimm es sei, sich ständig Sexgeschichten an-
hören zu müssen. „Die haben sonst nichts im
Kopf", war ihre Meinung. Die Arbeiter/innen
gingen tagtäglich mit Maschinen um und nahmen
sich selbst als Sex-Maschinen war. Sowohl die
Arbeit in der Fabrik wie auch ihre sexuellen
Tätigkeiten zu Hause wurden als mechanische
Handlungen konstruiert und praktiziert.

Neben diesen beruflichen Tätigkeiten
während der Woche bepflanzte sie noch am Wochenende ihren hinteren und vorderen Garten am
Haus mit Tomaten, Salat, Gurken und anderem
Gemüse. Von der Gemeinde Weiler wurde der Mutter ebenfalls ein Grundstück zur Nutzung zur
Verfügung gestellt, auf dem sie Kartoffeln an-
pflanzte. Am Wochenende der Sommermonate ging
die Familie mit Ausnahme des älteren Sohnes,
der sich weigerte unerfreuliche Tätigkeiten
auszuüben, Ähren lesen. Der aus den Ähren gewonnene Weizen wurde dann gemahlen und mit dem
gewonnenen Mehl wurde Brot im großen Backofen
des Dorfes gebacken. Außerdem hörte die Mutter
von Dorfbewohner/innen, dass einige Bauern mit
Obstzucht einige Bäume gegen ein relativ kleines Entgelt zum Selbstpflücken zur Verfügung
stellen würden. Anscheinend hatten die Land-
wirte im Sommer und Frühherbst so viel zu tun,
dass sie nicht die Zeit aufbringen konnten,
überall das Obst zu ernten. Die Mutter ging auf
das Angebot ein; das war abenteuerlich für die
Kinder, auf Bäume zu klettern und Obst zu ernten. Sogar der ältere Bruder machte mit.

Ansonsten war es immer wieder Siegfried, der zu allen möglichen Arbeiten herangezogen wurde, denn der ältere Sohn sagte zu den Aufforderungen der Mutter zumeist nein, Die Antworten waren immer wieder die Gleichen: „Das passt mir nicht" oder „Dazu habe ich keine Lust", was die Mutter oft auf die Palme brachte. Die Mutter nahm jeweils Rücksicht auf den jüngeren Sohn und schonte ihn, weil er von ihr als zu schwächlich und zu kränklich wahrgenommen wurde.

Hin und wieder gab es freudige Momente in Siegfrieds Alltagsleben, wie die Bäume zu besteigen und Früchte zu ernten, doch das waren nur wenige glückselige Episoden in seinem Leben. Die meiste Zeit war die Arbeit unangenehm und entfremdend. Er dachte oft abends vor dem Schlafengehen über seine Situation nach. Er fragte sich, warum sich die Welt für ihn so manifestiert und nicht anders ist. „Immer wieder werde ich zur Arbeit herangezogen und ich habe so wenig Zeit, das zu tun, was ich tun möchte", räsonierte er. „Geld, Geld, Geld – alles läuft auf Geld hinaus. Wir brauchen das Geld und haben es nicht. Warum ist die Welt so, wie sie ist"? Er war unzufrieden und betrübt, dass er in eine Arbeiterfamilie hineingeworfen wurde und die Arbeit das alles Bestimmende auch in seinem Leben war. Seine Erfahrungen des täglichen Immer-Gleichens, d. h. die Reproduktion seiner Lebenswelt in der zumeist immer gleichen entfremdenden Weise machten ihn unglücklich. Er konnte sich einfach nicht daran gewöhnen, dass entfremdete Arbeit die bestimmende Größe in seinem Leben sein sollte. Trotz Grübeln kam er auf keine kurzfristige Alternative. Er musste in der Gegenwart so weitermachen, wie bisher. Nur längerfristig sah er einen Hoffnungsfunken auf ein besseres Leben, nicht wie seine Mutter im Himmel, sondern hier auf Erden. Er konnte nur Einfluss nehmen auf das Kommende und für sich eine bessere Welt in der Zukunft schaffen, wenn er die höhere Schule besuchen und ein Studium aufnehmen würde.

Kapitel 5.1.2 Siegfrieds Leben im System der Notwendigkeiten

Das Leben zentrierte in der Familie um die Arbeit herum; es wurde unaufhaltsam vom Gesichtspunkt der unabdingbaren Notwendigkeit beurteilt. Sie war unabweislich, unerlässlich, unvermeidlich und unumgänglich in ihrer alltäglichen Welt der existenziellen Not. Diese Notwendigkeiten führten bei Siegfried zu einem Unbehagen und nicht selten machte sich ein Verdruss in seinem Leben deutlich, wo er dann in Träumereien über ein anderes und besseres Leben verfiel. Doch die Realität holte ihn schnell wieder ein, die aus entfremdeter Schule und Arbeit bestand. Nach der Schule musste er zumeist mitarbeiten und im Gegensatz zu seinen früheren Jahren in der Weimarer Siedlung, wo ihm der Vater militärisches Spielzeug schenkte, besaß er nunmehr kaum Spielsachen, außer einem Fußball, den er sich selbst durch Trinkgelder von den Zeitschriftenabonnent/innen zusammengespart hatte. Für die Mutter war die Arbeit wichtiger als das Spielen. Von ihr konnte man sich als Angehörige der Unterschicht nicht freisprechen. Doch in jeder freien Minute bewegte Siegfried den älteren Bruder – der jüngere hatte kein Interesse am Fußballspielen – und manchmal auch Nachbarkinder des Dorfes, mit ihm auf der Straße Fußball zu spielen. Siegfried und seine Brüder hatten keine Fußballschuhe, sondern spielten mit den normalen Straßenschuhen, oft zur Empörung der Mutter, die immer wieder klagte, dass diese kaputt gingen und kein extra Geld für andere Schuhe vorhanden wäre. Irgendwie war für Siegfried Fußballspielen ein Ausgleich zu dem freudlosen, niederdrückenden und trübseligen Alltag der höheren Schule und der Arbeit. Fußballspielen war seine große Leidenschaft. Im ihm blühte er auf und konnte sich im Gegensatz zu dem entfremdeten Lernen in der höheren Schule (siehe nächstes Kapitel) und den von der Mutter ihm auferlegten Hilfsarbeiten entfalten. Es war ein Freiraum für ihn außerhalb des Reiches der Notwendigkeiten. Es war sein Traum, einmal ein großer Fußballspieler zu werden, bei einem Stuttgarter Verein und vielleicht sogar für die Nationalmannschaft zu spielen. Die Mitspieler auf der Straße meinten immer, dass aus ihm einmal ein berühmter Fußballstar werden könnte. Er war ein Dribbelkünstler und beherrschte alle nur denkbaren Dribbeltricks. Er hatte schnelle Beine und eine starke Schusskraft. Selbst sein älterer Bruder war neidisch auf sein fußballerisches Talent. Im Radio verfolgte er voller Spannung die Sportnachrichten und kannte die Namen der meisten Spieler.

Einestages konfrontierte Siegfried die Mutter mit dem Wunsch, Fußballspieler zu werden und sie antwortete schnurstracks mit den Worten: „Du bist verrückt – das ist kein Beruf". Siegfried fügte sich zunächst dem Diktat der Mutter, startete jedoch einige Tage später wieder den Versuch, sie umzustimmen. Doch vergebens; sie blieb bei ihrer Meinung. Er versuchte es ein drittes Mal und wartete dabei auf den Moment am Wochenende, wo sie sich ein wenig lockerer und entspannter gebärdete, aber an ihrer Absage war nicht zu rütteln. Es stimmte ihn traurig und er war betrübt und niedergeschlagen. Er machte jedoch keinen Aufstand und fügte sich mit Widerwillen der mütterlichen Entscheidung. Insgeheim dachte er an seinen fußballbegeisterten Vater, der ihn wohl bei seiner Entscheidung, Fußballspieler zu werden, unterstützt hätte. Er konnte seine Mutter nicht umstimmen, daher kam ihm in den Sinn, dass er ja mit Hilfe der höheren Schule einen guten Beruf ergreifen und Fußballspielen zu seinem Freizeithobby machen könnte.

Kapitel 5.1.3 Siegfrieds alltägliches Ticken gleich einer Alltagsuhr

Siegfried ging von morgens bis zum frühen Nachmittag zur Schule und danach verrichtete er pflichtgemäß die von der Mutter ihm auferlegten Dienste. Im Gegensatz zum älteren Bruder verweigerte er nie die Anweisungen seiner Mutter. Er hinterfragte zwar die täglichen Abläufe seines Lebens, hatte auch Visionen einer anderen und besseren Welt, doch er unterwarf sich nichtsdestotrotz den mütterlichen Diktaten. Sein nachdenkliches und kritisches Inneres widersprach dem äußerlichen Erscheinungsbild, seinem sichtbaren Verhalten, das Pflichtbewusstsein offenbarte. Er gebärdete sich beinahe wie ein Maschinenmensch, der tick tack machte, ohne je auszusetzen. Aber in seinem Innern brodelte es. Es war die Frage, warum er sich, da er sich in seinem Innern von den abstoßenden Bedingungen angewidert zeigte, nicht wenigsten hin und wieder Unmut und Ressentiments den Aufforderungen der Mutter gegenüber zum Ausdruck brachte. Obwohl sein Leben durch die zugewiesenen Aufgaben ständig eingeschränkt wurde und das Ganze entfremdend auf ihn wirkte, wehrte er sich nicht offen dagegen, denn er wollte der Mutter nicht wehe tun, da sie die einzige Bezugsperson war, die er hatte und er wollte sie nicht verlieren. So wurden die von der Mutter gesetzten Ziele und Forderungen von ihm verinnerlicht. Sie wurden zu seiner zweiten Natur. Seine erste Natur war jedoch immer noch der Wille zur Veränderung seiner Alltagswelt, hin zu einem selbstregulierenden Leben.

Siegfrieds Mutter gehörte der Unterschicht an und da war eben Gehorsam sowie Respekt vor der Autorität das bestimmende Element für die Heranwachsenden. Abweichung wurde nicht toleriert. Die von ihr verrichtete Arbeit war sowohl als Hausiererin wie auch als Industriearbeiterin körperlicher und nicht geistiger Natur und damit verdiente sie ihren

Lebensunterhalt. Disziplin, Unterwerfung und Nützlichkeit waren in diesem Arbeiter-Kontext ihre Tugenden. Die selbigen forderte sie auch von den Kindern. Weil das Geistige kaum zur Entfaltung kam, wurde zumeist auch die Disziplinierung des Körpers symbolisch für den Erziehungsprozess. Es wurde nicht lange gefackelt und der Mutter rutschte nicht selten die Hand aus, insbesondere gegenüber dem ältesten Sohn, der die mütterliche Autorität einfach nicht anerkennen wollte. Im Weiler war es in den fünfziger Jahren Sitte und Brauch, Kindern in der alltäglichen Erziehung eine tüchtige Tracht Prügel zu verabreichen. Siegfried brachte diese Prügelkultur selbst einmal in Erfahrung, als er eine gleichaltrige Verwandte besuchte, die von ihrem Vater den Hosenboden versohlt bekam. Sie schrie schon, bevor sie sogar den Stock auf ihrem Hintern verspürte. Siegfried war entsetzt über diese Form der bestrafenden Erziehung. Er fragte sich: „Warum ist die Welt der Erwachsenen so gewalttätig"?

Kapitel 5.1.4 Siegfried im autoritären Netz der Mutter

Siegfrieds Mutter herrschte in der Familie, indem ihre Interessen darauf ausgerichtet waren, das von den Kindern zu fordern, was sie selbst wollte. Sie verlangte von allen Kindern Unterwerfung unter ihre Macht, weil sie davon überzeugt war, dass sie das Gute und Wahre verkörpern würde. Ihre Religion verstärkte diese Vorstellungen. Sie betrachtete ihre Kinder als

Teil ihrer selbst und konnte nicht zwischen ihren Bedürfnissen und denen der Kinder unterscheiden. Die Kinder sollten ihre eigene Persönlichkeit widerspiegeln und diese Erziehungsvorstellung war nur dadurch realisierbar, wenn sie mit harter Disziplin über sie verfügen konnte. Ihrem religiösen Eifer lag die Überzeugung zu Grunde, dass ihr Wille auch Gottes Wille wäre. Die Bibel war ihr Grundlagenwissen für Erziehungsfragen. Ein Vers aus dem Alten Testament war richtungsweisend für sie, der da lautete: „wohl dem, den du, Herr, züchtigst" und eine Weisung des Apostel Paulus „welchen der Herr liebhat, den züchtigt er", war bestimmend für ihre erzieherische Praxis. Sie war der Auffassung, dass Wohlergehen und Wohlbefinden, sich bei Siegfried und seinen Brüdern dann einstellen würde, wenn sie sich ihrer Zucht und Ordnung unterwerfen würden. Im Sinne Gottes interpretierte sie die Zucht als Liebe und diese als Zucht verstandene Liebe konstituierte den erzieherischen Rahmen. Er sollte auch die Bedingung sein, die Kinder auf den richtigen Weg des Lebens zu bringen.

Zweifelsohne war die Mutter überarbeitet und gereizt, sodass die Kinder ohne Widerrede immer das tun sollten, was sie wollte, da es ihrer Meinung nach jeweils das Richtige war, was sie von den Kindern forderte. Sie verlangte stets ein von ihr gewolltes Verhalten und Abweichungen der Kinder wurden von ihr sofort geahndet. In ihrer angespannten Nervenlage zeigte sie keine Bereitschaft zuzuhören oder bestimmte Sachen zu diskutieren. Diese Verhältnisse waren beengend für Siegfried und seine Brüder, doch Siegfried zweifelte im Gegensatz zum älteren Bruder nie daran, dass die Mutter alle ihre Söhne liebhatte und nur ihr Bestes wollte. Es entwickelten sich zwei unterschiedliche Reaktionen auf die Befehlsnatur der Mutter – zum einen die Rebellion des älteren Sohnes und zum anderen die Unterwerfung Siegfrieds und seines jüngeren Bruders, wenn auch oft widerwillig, unter die Diktate der Mutter. Sie passten sich an die Erziehungsvorstellungen der Mutter an, um die mütterliche Zuwendung zu erhalten und taten alles, um ihrer Mutter nicht wehe zu tun, während der ältere Sohn das Gegenteil bewirken wollte. Er hasste mütterliche Diktate. Er wollte sein Leben selbst diktieren. Die mütterlichen strengen Regeln schränkten seine Freiheit ein, zu tun und zu lassen, was er wollte. Zweifelsohne haben das auch seine Brüder erkannt und sie sehnten sich auch nach Freiheit und Selbstbestimmung, doch sie konnten sich nicht vorstellen, außerhalb des mütterlichen Schutzraumes zu überleben.

Kapitel 5.1.5 Siegfried der Gehorsame – der ältere Bruder der aufmüpfige Halbstarke

Siegfried und sein jüngere Bruder waren die Gehorsamen in der Familie. Sie akzeptierten die Kontrolle ihres Lebens durch die Mutter, auch wenn sie nicht selten ihren eigenen Vorstellungen und Wünschen gern etwas anderes gemacht hätten. Sie fügten sich, wenn auch ungern und taten das, was die Mutter von ihnen verlangte. Sie ließen sich disziplinieren, doch immer wieder stellten sie sich selbst die Frage, warum die Mutter alles bestimmen musste. Der ältere Bruder fühlte sich dagegen als Halbstarker, der die gegebenen Familienbedingungen und die mütterliche Autorität einfach nicht akzeptieren wollte. Sie war für ihn lebenshemmend und sinnlos. Er war sehr intelligent, absolvierte als Klassenbester die Hauptschule im Weiler und wechselte dann aufs Gymnasium, wo er als Probeschüler gleich in die fünfte Klasse aufgenommen wurde. Da in der Hauptschule keine Sprachen angeboten wurden, musste er zwei Jahre Englisch nachholen und mit Französisch beginnen. Ohne Schwierigkeiten schaffte er es und hätte, so sein Klassenlehrer, bestimmt das Abitur absolvieren können. Doch das wollte er nicht, sondern entschied sich für eine kaufmännische Lehre, um auf eigenen Beinen zu stehen und somit finanziell unabhängig zu werden.

Der ältere Bruder trat oft aggressiv seiner Mutter gegenüber auf, insbesondere dann, wenn sie ihm verbot, laute Musik im Haus zu hören. Er war begeistert von Rock'n'Roll, stand vor dem Radio und tanzte zu der Musik „Rock around the clock". Die Musik schuf in ihm ein neues Lebensgefühl in einer von Armut und Arbeit geprägten Arbeiterfamilie. Gegen den Willen der Mutter rauchte er und konsumierte Alkohol, was die Mutter beinahe zur Verzweiflung brachte. Er nahm auch wie die anderen Hauptschüler/innen am evangelischen Konfirmationsunterricht teil und weigerte sich in der freichristlichen Gemeinschaft konfirmiert zu werden, was der Mutter überhaupt nicht passte.

Er hatte einen Freund, dessen Mutter aus Schlesien ausgesiedelt wurde und dessen Vater im Krieg gefallen war. Die alleinerziehende Mutter ließ den Sohn machen, was er wollte. Er konnte trinken, rauchen, laute Musik hören, sich mit Mädchen außerhalb des Ortes in der Stadt treffen, denn die des Dorfes waren ihm zuwider. Er konnte spät abends oder nachts zurückkommen und seine Mutter äußerte nie ihren Unwillen; sie hatte nichts gegen seinen Lebenswandel einzuwenden. Sie war völlig antiautoritär, das Gegenteil zu Siegfrieds Mutter, die den älteren Sohn stets zurechtzuweisen versuchte und dabei kläglich scheiterte, weil er sich von der Mutter einfach nichts sagen lassen wollte. Sie wollte ihm dies und jenes verbieten, doch er ließ sich nichts verbieten. Manchmal beabsichtigte sie, ihn in den Keller zu sperren, sie hatte aber nicht die Kraft, ihn dorthin zu zerren. Nicht selten rutschte ihre Hand aus, er kickte sie als Vergeltungsschlag und verließ danach das Haus, machte sich auf den Weg zu seinem Freund, der ihm immer wieder sagte „Was hast du nur für eine Mutter"! Das Erziehungsproblem spitzte sich zu und die Mutter sah keinen Ausweg mehr als bei der Erziehungsberatungsstelle der für das Dorf Weiler zuständigen Kreisstadt Nürtingen um Rat zu fragen. Nach einer längeren Diskussion überzeugte die dortige Sozialpädagogin die Mutter, den Sohn an den Vater zu übergeben, der sich in der Zwischenzeit mit seiner Geliebten in Stuttgart niedergelassen hatte. Es dauerte sehr lange bis der Vater diesem Vorschlag zustimmte. Dagegen traf der älteste Sohn eine ad hoc Entscheidung. Er wollte einfach weg von seiner Mutter. Er konnte es nicht länger dort aushalten. Es erschien ihm so sinnlos, unter diesen familialen Bedingungen weiter zu leben. Schlechter, meinte er, kann es auch beim Vater nicht werden. Der Vater lebte mit einer Frau zusammen, die im Krieg ihren Ehemann verloren hatte und die sich bereit erklärte, während der Entnazifizierungszeit Siegfrieds Vater bei sich aufzunehmen. Sie war in ihren politischen und religiösen Überzeugungen, wie er, nationalistisch und atheistisch eingestellt – das Gegenteil zu seiner Mutter Sie hatte einen Sohn, der im gleichen Alter wie Siegfrieds Bruder war. Auch er war wie Siegfrieds ältester Bruder sehr aggressiv und verhaltensauffällig und wurde vom Stiefvater und seiner Mutter als Problemkind konstruiert. Nunmehr hatten sie zwei Problemkinder.

Siegfrieds älterer Bruder konnte es nicht lange bei seinem Vater und der Stiefmutter aushalten und entschloss sich mit 18 Jahren, nachdem er sich allmählich gefangen hatte und während seiner Lehre als Versicherungskaufmann einsichtiger wurde, ein eigenes Appartement zu mieten und somit auf eigenen Beinen zu stehen. Statt von außen gesteuert zu werden, wie in der Vergangenheit, wollte er sich nunmehr in der Gegenwart und Zukunft selbst steuern. Siegfried und sein jüngerer Bruder wären in ihrem damaligen Alter dazu nicht in der Lage gewesen. Der ältere Sohn versöhnte sich nach einiger Zeit wieder mit seiner

Mutter und besuchte sie hin und wieder, da er jetzt selbständig war und sie ihm nicht mehr dreinreden konnte.

Kapitel 6

Kapitel 6.1 Leben als Gymnasialschüler: Entfremdetes Lernen als Mittel zum Zweck

Kapitel 6.1.1 Siegfried auf dem Gymnasium

Nach dem Abschluss der vierten Klasse der Hauptschule im Dorf Weiler wechselte Siegfried zum Gymnasium in eine Kleinstadt im Tal. Er bestand die schriftliche Aufnahmeprüfung, ohne sich noch zusätzlich einer mündlichen Prüfung unterziehen zu müssen. Während die Hauptschule kostenlos war, musste die Mutter für das Gymnasium Schulgebühren bezahlen. Ein Jahr später gingen dann auch noch der ältere Bruder nach Abschluss der Hauptschule und zwei Jahre danach der jüngere Bruder zum Gymnasium – eine starke finanzielle Belastung für die Mutter. Es war zu jener Zeit nicht üblich, dass Kinder aus Arbeiterfamilien die höhere Schule besuchten und beinahe undenkbar, dass sie bis zum Abitur vordrangen. Arbeiterkinder hatten in den fünfziger Jahren auf Grund ihrer sozio-ökonomischen Bedingungen nur eine minimale Chance, das Abitur zu erreichen. Entsprechend der Arbeiter- und Bauernmentalität im Weiler wurde den Hauptschüler/innen zumeist eingetrichtert, lieber zur Arbeit zu gehen und Geld zu verdienen als zu studieren. Einige übernahmen Hilfsarbeitertätigkeiten, andere machten eine Berufsausbildung. Mädchen wurden zumeist auf ihre Rolle als Hausfrau und Mutter getrimmt und nur wenige ließen sich für einen Beruf ausbilden.

Für Siegfried begann 1953 mit dem Besuch des Gymnasiums ein neuer Zeitabschnitt. Zum einen freute er sich auf das neue Lebensereignis und er wollte sich vorbehaltslos den neuen Herausforderungen und Schaffensmöglichkeiten stellen. Dieser neue Zeitabschnitt war für ihn etwas Unbekanntes, ja ein gewisses Wagnis. Im Wagnis lag für ihn einerseits die Chance, aus dem Arbeitermilieu auszubrechen und aufzusteigen, andererseits enthielt das Wagnis ebenso das Risiko, als Arbeiterkind, wie viele vor ihm, zu scheitern. So kamen bei ihm auch Gefühle des Bedenkens und der Ungewissheit auf, weil er einfach nicht ahnen konnte, was auf ihn zukommen würde. Im Weiler wusste er, wo es lang ging, ob als Dorfbewohner, als Schüler oder Laufbursche. Im Weiler konnte er zu Fuß zur Schule gehen, das Dorf war ihm vertraut, während er nunmehr mit dem Bus und dann mit dem Zug zum Gymnasium fahren musste und in der Stadt niemanden kannte. Es kamen auch noch mehr Zweifel bei ihm auf, als Siegfrieds Mutter von nicht wenigen Dorfbewohner/innen zu hören bekam und sie diese Aussage ihrem Sohn mitteilte, dass die Stadt eine ganz andere Welt als die des Weilers sei, an die man sich erst gewöhnen müsse, denn auf viele Menschen aus dem Dorf wirke sie wie ein Schock.

Kapitel 6.1.2 Das Aufeinanderprallen zweier Welten: Siegfrieds Arbeiterwelt und die Bildungselite

Während die Schüler/innen, mit denen Siegfried zusammen die Hauptschule im Weiler besuchten, Arbeiter-und Bauernkindern waren, die, wie er, nicht viel Wert auf ihr Aussehen legten und oft leger und nicht sehr gepflegt zur Schule gingen, zeigten sich die Gymnasiast/innen sehr ordentlich und schön angezogen. Was Siegfried auffiel, war, als er vom Bahnhof zur Schule ging, wie viele Schüler/innen von ihren Eltern mit dem Auto zur Schule gebracht wurden. Als die Lehrerin zu Klassenbeginn den Schüler/innen die Fragen nach der Herkunft und nach dem Beruf der Eltern stellten, wurde Siegfried klar und deutlich vor Augen geführt, dass er in eine andere Welt eingetreten war. Die meisten Schüler/innen kamen aus der Stadt und deren Eltern waren leitende Angestellte, Betriebsleiter, Fabrikanten, Ärzte und Bankiers. Siegfried war einer der letzten, die von der Lehrerin gefragt wurde. Er wusste nicht, was er sagen sollte. Zum einen war sein Vater nicht länger Teil der Familie und zum anderen war die Mutter bloße Arbeiterin. Dieses Familienbild der Lehrerin und der Klasse mitzuteilen, hätte ihn gleich zu Beginn abgewertet und stigmatisiert. Seine Mutter hatte mehrmals erwähnt, dass sein Vater Versicherungskaufmann sei und das waren dann auch die Worte Siegfrieds. Als die Lehrerin danach fragte, ob er auch im Weiler tätig wäre, sagte er schnurstracks ja, aber er sei darüber hinaus auch im Umland unterwegs.

Das war zweifelsohne eine Falschaussage, die aber für ihn zur Selbstrettung unentbehrlich war, denn er wollte sich selbst nicht ins Abseits stellen und gleich zu Schulbeginn abgewertet und diskriminiert werden.

Zwei unterschiedliche Welten prallten in seiner gymnasialen Alltagswelt ebenso in Bezug auf die Sprachunterschiede aufeinander. Sicherlich sprachen alle Schüler/innen schwäbisch, da sie im Schwabenland aufwuchsen. Nichtsdestotrotz war schwäbisch nicht mit schwäbisch gleichzusetzen. Die schwäbische Mundart im Weiler war ein besonderer Dialekt, den Außenstehende kaum verstehen konnten. Nicht nur die Mitschüler/innen konnten manchmal bestimmte Ausdrücke Siegfrieds nicht nachvollziehen, sondern auch die Lehrerin musste hin und wieder nachhaken, um begreifen zu können, was er ihr mitteilen wollte. Sein Weiler-Schwäbisch war irgendwie zu einer Benachteiligung für ihn geworden. Er fühlte sich als Außenseiter, doch plötzlich sah er sich im Blickpunkt, als es darum ging, einen Klassensprecher oder Klassensprecherin zu wählen. Zwei Vorschläge wurden eingebracht. Neben einem Mitschüler wurde auch von einer Klassenkameradin Siegfried als Kandidat vorgeschlagen. Er war völlig überrascht, denn er hätte nie gedacht, dass sich jemand für ihn aus dem fernen Weiler, einem Dorf, aus einer Arbeiterfamilie (obwohl das bis dahin ja noch nicht bekannt war) und mit einer abweichenden Sprache interessieren würde. Insbesondere die Mädchen der Klasse fanden ihn gut und sie stimmten mehrheitlich für Siegfried. Er sah zwar gut aus, war aber ein wenig scheu und seit den Kriegsjahren ziemlich ängstlich. Es kamen bei ihm selbst Zweifel auf, ob er solch einer Verantwortung gewachsen sein konnte, zumal er in seinem bisherigen Leben immer von der Mutter gelenkt und gesteuert wurde, somit kaum eigene Entscheidungen treffen durfte und dadurch keine eigene Planungs- und Organisationsfähigkeit entwickeln konnte. Er konnte sich nicht erklären, warum gerade einige Mädchen ihn zum Klassensprecher wählen wollten. „Warum wohl?", reflektierte er. „Finden sie mich hübsch und attraktiv oder gefällt ihnen meine Art zu sprechen?". Es kam zur Abstimmung. Auf einem kleinen Zettel konnte der Name des zu wählenden Klassensprechers drauf geschrieben werden. Siegfried stimmte für den anderen Kandidaten, der schließlich mit einer Stimme Mehrheit gewann. Die Lehrerin, die schließlich die abgegebenen Stimmen auszählte, erkannte Siegfrieds Handschrift und teilte in rührender Weise der Klasse mit, dass Siegfried nicht für sich selbst, sondern die Stimme für den Konkurrenten abgegeben habe. Er wurde für seine Selbstlosigkeit gelobt. Das gab ihm Pluspunkte in seiner benachteiligten Situation eines Arbeiterkindes unter Kindern von zumeist Akademiker-Familien.

Zwei Welten prallten auch aufeinander, als die Klassenlehrerin nach den Sommerferien die Schüler/innen fragte, wie sie ihre schulfreie Zeit verbrachten. Sie begann mit den vorderen Reihen. Siegfried saß ganz hinten. So war er einer der letzten, der seine Urlaubsgeschichte erzählen durfte. Die Schülerinnen berichteten, wie sie zum Bodensee, in den Schwarzwald, an den Rhein, an die Mosel und zu anderen interessanten Orten fuhren und welche

Sehenswürdigkeiten sie zu Gesichte bekamen. Sie waren begeistert von ihren Erfahrungen, ob es Schwimmen, Bootsfahrten oder Burgbesichtigungen waren. Je mehr er über deren glückliche und entzückende Erfahrungen zu hören bekam, desto mehr merkte er, wie er doch als Arbeiterkind in einer ganz anderen Welt leben musste, nämlich in einer Welt der Arbeit, in der selbst die Ferien keine Befreiung von der Arbeit bedeuteten. Er wurde in den Sommerferien zusammen mit seinem jüngeren Bruder von seiner Mutter zu dem für ihn unerfreulichen Ährenlesen verpflichtet und außerdem wurde er noch als Laufbursche eingesetzt, Zeitschriften auszutragen und bestimmte Konsumartikel den Kunden zu bringen. Wenn er seinen Zustand mit dem der Mitschüler/innen verglich, war er traurig gestimmt und betrübt. Sie hatten freie Zeit und konnten in Urlaub fahren, während er ständig in Arbeitszusammenhänge eingebunden war und abgesehen vom Weiler und von Weimar der Kriegs- wie auch Nachkriegsjahre, nichts von seiner weiteren Umgebung zu sehen bekam. Was sollte er berichten, um nicht ins Abseits gedrängt zu werden. Ihm fiel nichts ein, als das zu berichten, was er tatsächlich tat, so unangenehm, das auch werden würde. Er schmückte das Ganze noch ein wenig aus, indem er der Klasse mitteilte, dass er Ährenlesen war und dass die Ähren, die er sammelte, frisch und somit auch der Weizen aus den Ähren frisch war, die Mutter dann den Weizen gemahlen und das daraus zubereitete Brot im Dorf-Ofen gebacken habe. Das Brot schmecke köstlich, so lobte er dieses von seiner Mutter gebackene Brot. Solch ein Brot sei im Laden nicht zu kaufen. Außerdem erzählte er, dass im naheliegenden Raum von den Alliierten Militärübungen abgehalten wurden und es wären Schusswaffen zu hören gewesen. Diese Militärübungen missbillige er, denn sie erinnerten ihn an den Krieg, den er als kleines Kind schon so schrecklich fand. Er hätte den Krieg in Weimar miterlebt, so beteuerte Siegfried, und er wolle keinen Krieg mehr. Die Lehrerin stimmte dem Unbehagen Siegfrieds zu und brachte ebenso ihren Widerstand zum Krieg zum Ausdruck. Mit dieser Berichterstattung über die verbrachten Ferien hatte sich Siegfried irgendwie über die Runden gerettet.

Krasse Gegensätze traten ihm ebenso entgegen, als er von einigen Mitschülern zum Essen eingeladen wurde, denn sie bekamen zu hören, dass er von weit weg kam und über Mittag in der Schule bleiben musste, denn an zwei Tagen der Woche wurden Nachmittagsklassen angesetzt. All die Häuser, die er zu Gesichte bekam, waren peinlich sauber, sodass er befürchtete, Schmutz ins Haus zu tragen. Seitdem seine Mutter den ganzen Tag arbeitete, konnte sie keine Zeit mehr für die Hauspflege investieren und machte sich selbst immer wieder Vorwürfe, dass ihre Sauberkeit nicht mehr die sei, die sie eigentlich vor Augen hatte und worauf sie und andere früher stolz waren. Außerdem hatten die Eltern der Mitschüler stilvolle Möbel, elegante Kücheneinrichtungen, WCs, Dusche mit Warmwasserversorgung – von all diesen Privilegien konnte Siegfrieds Familie nur träumen. Zumeist wusste er gar nicht, wie er sich in der neuen Umgebung benehmen sollte. Er wagte keinen Schritt, bevor die anderen ihn nicht taten oder er zu bestimmten Verhaltensweisen aufgefordert wurde. Keine falsche Bewegung und auf jeden Fall keine abweichende Handlung waren die von ihm gesetzten Ziele; er wollte sich gut, ordentlich und vor allem korrekt benehmen. Manche Eltern luden ihn mehrmals ein. Das war für ihn ein Zeichen, nicht auffällig geworden zu sein. Von einer Familie wurde er jedoch nur einmal und nie wieder eingeladen. Die Mutter des Mitschülers war Hausfrau und ihr Ehemann Bankdirektor. Sie beobachtete Siegfried beim Essen die ganze Zeit, fragte ihn über das Dorf Weiler, über die Familienverhältnisse und ließ nicht locker, auf jede Einzelheit einzugehen. Siegfried begab sich in Widersprüche und sie bohrte mit ihren Fragen weiter, sodass er sich allmählich unwohl fühlte. Das Peinlichste war jedoch für ihn, als er zur Toilette gehen musste und danach sein Mitschüler an ihn herantrat, ihn zur Seite nahm und ihm ins Ohr flüsterte, dass man beim Pissen immer den Wasserhahn aufzudrehen habe und das Wasser laufen lassen müsse, damit man das Geräusch des Pissens nicht mitbekomme. Siegfried war konsterniert; er hatte zwar keine Wasserspülung auf seiner Toilette zu Hause, doch diese Forderung war für ihn etwas ganz und gar Neues und völlig Unverständliches. Als er diese Erfahrung seiner Mutter erzählte, schlug sie die Hände über dem Kopf zusammen und sagte „die spinnen" und als sparsame Schwäbin kritisierte sie diese Praxis als Wasservergeudung.

Als Siegfried eines Abends in sich ging und reflektierte, warum die Welt so ungerecht ist, wie er sie nunmehr während seiner gymnasialen Zeit erfahren hatte, nämlich dass

die einen ein wunderbares Leben führen konnten,

d. h. einige in wohlhabende Familien hineinge-
borenen Söhne und Töchter ihr Leben genießen
konnten und nicht, wie er, nach der Schule und
in der Ferien arbeiten mussten, wurde ihm klar,
dass er ein Abgehängter in der Welt war. Er
fragte sich: „Warum wurde ich in eine Welt armer Verhältnisse hineingeworfen, in der jeder
Pfennig zählt?" Es kamen ihm bei diesen Reflektionen die Tränen. Er seufzte: „Warum ist
diese Welt, in der ich lebe, so ungerecht? Warum ist diese Welt so ungleich? Warum bin ich
arm und andere reich?" Er konnte diese Ungerechtigkeit nicht erklären, aber sie war da,
sie war sichtbar. Er beklagte sich über den
Zustand der Welt. Bei wem sollte er sich jedoch
beschweren? Bei Gott, der die Welt geschaffen
haben soll? Bei seiner Mutter, deren Wunsch es
war, ihn in eine solche Welt zu bringen? Allmählich sah er ein, dass solche Überlegungen
ihn nicht weiterbringen würden. Dieses Lamen-
tieren führe, so Siegfrieds gewonnene Erkenntnis, in eine Sackgasse. Plötzlich wurde er sich
der Tatsache bewusst, dass er selbst nur die
Hoffnung auf solch ein besseres Leben haben
könne, wenn er mittels Schule und Abitur zu
solch einer Welt aufzusteigen vermochte. Diese
Reflektionen wurden nunmehr für ihn zu einer
Basis von Zukunftsentwürfen, egal wie schwierig und entfremdend sie zu realisieren auch
sein mochten. Sie spornten ihn an, weiterzumachen und durchzuhalten, egal mit welchen
Schwierigkeiten er auch auf seinem dornigen Weg
konfrontiert werden würde.

Kapitel 6.1.3 Siegfrieds Erfahrungen mit Lehrern in der höheren Schule

Die überwiegende Mehrheit der Lehrer/innen, die Siegfried unterrichteten, waren sehr autoritär. In mancher Weise war das Erziehungsklima eine Fortsetzung des autoritären Erziehungsstils, den er zu Hause erfuhr. Aus Respekt vor den Lehrer/innen mussten sich die Schüler/innen, wenn diese den Klassenraum betraten, von ihren Stühlen erheben und jegliches Gespräch abrupt beenden. Es wurde von Siegfried und seinen Klassenkamerad/innen im Unterricht erwartet, still zu sitzen, den Lehrer/innen in ihren Ausführungen zu folgen und, wenn sie etwas zu sagen hatten, sich zu melden und selbst, wenn sie sich nicht meldeten, konnten sie gefragt werden. Sie mussten aufstehen, wenn immer sie einen Beitrag einbrachten. Siegfried fragte sich sehr häufig, warum das alles so sein musste, wie es war. Er räsonierte: „Warum ist die schulische Welt, warum sind die Lehrer/innen so autoritär? Warum müssen wir so und dürfen nicht anders lernen? Warum macht das Lernen in der höheren Schule überhaupt keinen Spaß"?

Es gab in den fünfziger Jahren auf diesem Gymnasium keine Unterrichtsgespräche oder gar Gruppenarbeit, sondern es war Frontalunterricht, wie in früheren Zeiten. Die zumeist älteren Lehrer/innen - einige von ihnen lehrten bereits im Nationalsozialismus - redeten vor der Klasse, vermittelten ihren Stoff im Gleichschritt und von den Schüler/innen wurde erwartet, dass sie alles von der Tafel abschrieben oder den von den Lehrer/innen vorgetragenen Inhalt mitschrieben. Es kam zu keiner Auseinandersetzung mit dem vermittelten Stoff. Kritik war unangebracht, ja sogar als abweichend betrachtet worden. Rechenoperationen wurden im Fach Mathematik an der Tafel festgehalten oder Gedichte, die oft nicht zeitgenössisch waren, wurden vorgelesen und insbesondere in den unteren Klassen für die Schüler/innen interpretiert, geschichtliche Daten wurden ihnen durch aufgehängte Wandbilder eingetrichtert, usw. Die Schüler/innen sollten den Stoff auswendig lernen und beim nächsten Unterricht wiedergeben können. Die Lehrer/innen waren mit wenigen Ausnahmen sehr ernst und auch absolutistisch – sie hatten die Wahrheit und die Schüler/innen mussten sie übernehmen. Siegfried war mit dieser Art des Schulunterrichts völlig unzufrieden, Der meiste Lernstoff war für ihn lebensfern und er hatte zumeist keine Freude daran, denn dieser hatte wenig mit seinem lebensweltlichen Arbeiterdasein zu tun. Immer wieder stellte er sich die Frage, warum das in der Schule anzueignende Wissen ihm so äußerlich war, sein Wesen verneinte und er sich dabei selbst verlor. „Lohnen sich solche investierten Energien, solch unfreies Lernen, solche eine unglückliche Zeit unter der Herrschaft und dem Zwang der Lehrer und Lehrerinnen, um aufzusteigen", fragte er sich wiederholt. Ja, sie lohnen sich, kam ihm immer wieder in den Sinn, denn sein Ziel war aufzusteigen, rauszukommen aus dem Reich der Arbeiterschicht; dabei wurde ihm unmissverständlich klar, dass er sich des Aufstiegs wegen aufopfern musste und er nur auf dem Umweg des jetzigen Unbehagens ein besseres Leben in der Zukunft erreichen konnte. Er sah das schulische Leben als Vorbereitung auf das

Leben und nicht als das Leben selbst.

Der lehrerdominierte Frontalunterricht implizierte auch strenge Leistungskontrollen und wer die Leistung nicht erbrachte, blieb sitzen. Wer seine Hausaufgaben nicht machte, wurde vor der Klasse gerügt und lächerlich gemacht, wer aktiv den Unterricht störte, wer sich z. B. mit dem Klassenkameraden unterhielt oder zur Auflockerung des langweiligen Unterrichtsstoffes Papierschwalben gerade zu dem Augenblick durch das Klassenzimmer warf, als die Lehrer/innen ihr Gesicht zur Tafel wandten, wurde oft geohrfeigt, erhielt Schläge mit dem Lineal auf die Hände oder mit dem Rohrstock auf den Hintern. Wer heimlich auf dem Schulhof rauchte, musste sich ähnlichen Strafen unterziehen. Zweifelsohne sollten die gängigen Strafmethoden dazu beitragen, Ordnung im Klassenzimmer zu schaffen, doch sie schufen ebenso eine Atmosphäre der Angst –äußerst abschreckend für Siegfried und seine Mitschüler/innen.

Siegfried musste in seinem Schulalltag erkennen, dass auf dem Gymnasium ein autoritärer Erziehungsstil und entfremdende Verhältnisse vorherrschten, innerhalb derer seine Vorstellungen vom Leben nicht verwirklicht werden konnten. Er musste immer nur das tun, was andere von ihm verlangten und konnte sein Leben in der Schule daher kaum selbst gestalten. Unter diesen Bedingungen eines zumeist lustlosen Lebens war das Fußball spielen immer wieder ein Lichtblick für ihn. Hinter dem Gymnasium lag ein Sportplatz mit zwei Toren und Siegfried spielte dort mit anderen Mitschülern, wann immer es die Zeit zuließ. Das war für ihn eine andere Welt – eine der Gestaltung und Produktivität, eine der Freude und der Lebendigkeit. Hier konnte er seine Stärken zeigen, wie man mit dem Ball umgeht, ihn kontrolliert und einzigartig schießt, oft zur Verwunderung der anderen Spieler. Er erhielt beim Fußballspielen viel Lob der Klassenkameraden für seine großartige sportliche Leistung. Auch im Fach Sport selbst zeigte Siegfried Großartiges beim Laufen, Weit- und Hochspringen.

Kapitel 6.14 Je höher die Schulklasse desto gravierender der Leistungsverfall Siegfrieds

In der Grundschule im Dorf Weiler war Siegfried unter den Bauern- und Arbeiterkindern ein hervorragender Schüler, der die Nutzeffekte des Schreibens, Rechnens und Lesens deutlich vor Augen hatte und den Sinn dieser Fächer für sein Leben erkannte. In den ersten Jahren des Gymnasiums gab es einige Fächer, die ihm weiterhin Vergnügen bereiteten, insbesondere Mathematik. Es machte ihm Spaß, mathematische Probleme zu lösen. Aber sowohl für die Fächer Englisch wie auch später Französisch sah er als Arbeiterkind keinen Verwendungszweck, denn wie sollte er je nach England, in die USA oder nach Frankreich fahren können; dazu fehlte das Geld und seine Mutter hätte ihn niemals als Austauschschüler allein reisen und wochenlang mit fremden Leuten zusammen wohnen lassen. Viele der Mitschüler/innen nahmen an teuren Austauschprogrammen teil. Sie hatten das Geld dazu, sie wollten bessere Noten für ihre Kinder

in den Fremdsprachen erzielen und auch ihren
Kindern eine bestimmte Mündigkeit zugestehen.
Statt seine Sprachfähigkeiten durch einen Aus-
landaufenthalt zu verbessern, wie viele andere, musste Siegfried in den Sommerferien für
seine Mutter Arbeitsdienste verrichten. Mit 16
Jahren arbeitete er dann die ganze unterrichts-
freie Zeit in der Metallfabrik, in welcher
seine Mutter als Hilfsarbeiterin tätig war.
Seine Mutter setzte ihn auf den Rücksitz ihres
Mopeds und so fuhren sie zusammen zur Arbeits-
stelle.

Einige Fächer waren für ihn zeitlich
oder räumlich so fern seiner Lebenswelt, dass
er dafür kein Interesse aufbringen konnte. Zum
Beispiel war er überhaupt nicht davon angetan,
geschichtliche Daten und Begriffe auswendig zu
lernen. Z. B. interessierte er sich überhaupt
nicht, wann die Steinzeit, die Bronzezeit und
die Eisenzeit zeitlich einzuordnen waren und
was ihre Besonderheiten ausmachten. Mit Be-
zeichnungen wie Paläolithikum, Mesolithikum
und Neolithikum konnte er nichts anfangen, ja
er hatte selbst Schwierigkeiten diese Alt- und
Jungsteinzeiten auszusprechen. Selbst für spätere Zeiten wie Mesopotamien, Ägypten, die
klassische Antike und Rom konnte er sich nicht
begeistern. Sie waren für ihn zu fern seiner
Lebenswelt, mit der er sich tagtäglich auseinandersetzen musste. Diese Art des Lernens war
für ihn entfremdend und sinnlos. Aber selbst
Fächer wie Erdkunde waren für ihn realitäts-
fern, denn Flüsse, Berge, Seen und Städte eines
räumlich weit entfernten Landes auswendig zu
lernen, die er nie zu Gesichte bekam und so
seine Vorstellung, diese in der Zukunft auch

nie erleben würde, waren für ihn ebenso sinnlos.

Was Siegfried beanstandete bzw. was
ihm alle die Schuljahre missfiel, war nicht nur
der autoritäre Erziehungsstil der Lehrer/in-
nen und der Frontalunterricht, sondern insbesondere die vielen Disziplinen, die ihm ohne
Wahlmöglichkeit oktroyiert wurden. Alle die
unterrichteten Disziplinen liefen nebeneinan-
der her und es wurden keinerlei Versuche un-
ternommen, Verbindungen zwischen den Thematiken der jeweiligen Fächer herzustellen – das,
was heute interdisziplinäre Schulung genannt
werden würde. Zweifelsohne hätte es Siegfried
und seinen Mitschüler/innen viel mehr Spaß gemacht, wenn sie an einem individuellen und/oder
gesellschaftlichen Problem praxisbezogen gelernt hätten. Es herrschte in den fünfziger
Jahren der kalte Krieg zwischen Ost und West
und dieses Phänomen hätte ohne weiteres der
Ausgangspunkt eines großen fächerübergreifen-
den Projektes werden können, bei welchem Schü-
ler/innen und Lehrer/innen in diversen Disziplinen ihren jeweiligen Beitrag dazu hätten ein-
bringen können. Z. B. hätten sie die Geschichte
des kalten Krieges, deutsche, anglosächsische,
französische Literatur zum Krieg, Physik und
Chemie der Atomwaffen, Kunst als künstleri-
sches Ausdrucksvermögen in Kriegszeiten, usw.
aufarbeiten können. Mit Projekten dieser Art
oder auch anderer thematischer Arten wie Armut
und seine Bekämpfung, Gesundheitsförderung
usw. wäre der Lernstoff bestimmt nicht an ihm
vorbeigerauscht, das Lernen hätte mit hoher
Wahrscheinlichkeit mehr Sinn ergeben können
als der autoritäre Unterrichtsstil mit den iso-

lierten Unterrichtsfächern. Eine andere Form
der Unterrichtsgestaltung hätte möglicherweise
seinen Leistungsverfall stoppen können. So
schleppte er sich auf dem Gymnasium von einer
Unterrichtsstunde zur nächsten hin, fühlte
sich zunehmend entfremdet und seine Noten lit-
ten darunter. Zwar schaffte er noch die schulischen Leistungsanforderungen, doch von an-
fänglich guten bis befriedigenden Leistungen
der Unterstufe des Gymnasiums sanken sie in der
Mittelstufe allmählich auf befriedigend bis
ausreichend.

Vor der Mittleren Reife ging es für
die Schüler/innen darum, wer in der Oberstufe
weitermachen wollte und wer in eine berufliche
Laufbahn einzusteigen gedachte. Siegfried war
sich nicht schlüssig. Einerseits hasste er die
traditionelle lehrerdominierte Unterrichtsgestaltung des Gymnasiums, andererseits konnte
er sich nicht mit den von Berufsberatern vor-
geschlagenen Berufen eines Angestellten im
mittleren Dienst bei der Post und Bahn anfreun-
den. Auch die Eltern wurden zu einem Gespräch
mit dem Klassenlehrer eingeladen, um seine Leh-
rerempfehlung entgegenzunehmen. Der Klassenlehrer traute Siegfried nicht sehr viel zu,
meinte, er sehe Schwierigkeiten für ihn, das
Abitur zu schaffen und empfahl seiner Mutter,
ihrem Sohn nahezulegen, einen Beruf zu ergreifen. Die Empfehlung wurde von ihr einfach so,
ohne Widerrede, hingenommen. Der Lehrer müsse
es ja wissen, meinte sie, denn er sei ja am
besten im Bilde, wer gut und wer schlecht sei,
wer er schaffen könne und wer nicht. Als Siegfrieds Mutter ihm die Meinung des Klassenleh-
rers mitteilte und ihm ins Gewissen redete,

dass sie Besseres von ihm erwartet hätte und sie sehr enttäuscht über ihn sei, war er verblüfft und fassungslos. In seiner Bestürzung hielt er kurz inne und erwiderte dann der niedergeschlagenen Mutter, voller Gewissheit und Zuversicht, wie er sich in den nächsten Jahren anstrengen und das Abitur schaffen und damit dem Lehrer zeigen werde, dass er ihn falsch eingeschätzt habe. In ihm erwachte erneut der Ehrgeiz, sich als Arbeiterkind alle Mühe zu geben, noch mehr Leistung zu erbringen und trotz widriger Umstände erfolgreich zu sein. Zu den widrigen Umständen trug insbesondere bei, dass er kein eigenes Zimmer hatte und sich das beheizte Wohnzimmer mit der Mutter und dem jüngeren Bruder teilen musste und sie, so sozial wie sie eingestellt war, sehr häufig Besuch von Nachbarn, Freunden und Verwandten erhielt. In dem im Wohnzimmer ausgetragenen Dorfklatsch konnte er sich nur schwerlich konzentrieren. Als er seine Mutter einmal daraufhin ansprach, war sie bestürzt, so etwas von ihr zu erwarten und erwiderte: „Ich kann doch die Leute nicht einfach rauswerfen. Was würden denn die von mir denken. Das ganze Weiler würde darüber sprechen".

Kapitel 6.1.5 Auf dem steinigen Weg zum Abitur

Die Lernbedingungen waren und blieben äußerst schwierig für ihn, denn ohne ein eigenes Zimmer, war er ständig dem Wohnzimmerklatsch der die Mutter besuchenden Dorfbewohner/innen ausgesetzt. Das Geschwätz drehte sich hauptsächlich um Leute im Dorf und insbesondere darum, wer, was, wo gemacht haben soll, wer mit wem fremdgegangen war, welche Jugendlichen sich verliebt hatten, usw. Nicht uninteressant für die Dorfbewohner/innen, aber von wenig Interesse für Siegfried, der sich nur in seinem Streben, die Hausaufgaben so ordentlich wie möglich zu machen, gestört sah. Gegen 21.00 Uhr, nachdem die Leute das Wohnzimmer verließen und seine Mutter ins Bett ging, konnte er sich endlich ohne Störung auf seinen Lernstoff vorbereiten und er tat das oft bis nach Mitternacht. Morgens musste er dann, wie auch seine Mutter früh aufstehen und war oft sehr müde. Seine Mutter klagte nicht selten, wie blass er aussehe und er solle doch früher ins Bett gehen. Sie verstand es nicht, dass Siegfrieds Lernpotenzial durch die ständigen Besuche stark beschnitten wurde und er sich nur in einer störungsfreien Umwelt den Lernstoff am effektivsten aneignen konnte. Auch die Besucherinnen brachten kein Verständnis für seine Lernsituation auf und konnten nicht nachvollziehen, dass er sich bei seinen Hausaufgaben konzentrieren musste; auch konnten sie es als Arbeiterinnen nicht verstehen, wie man Wissen aus so vielen Büchern im Kopf unterbringen konnte. Mehrere Besucherinnen vertraten die Auffassung: „Da muss ja einem der Kopf brummen".

Von der Mittleren Reife bis zum Abitur waren es drei mühsame Jahre für Siegfried. Immer wieder kam es zu einem Moment in seinem Leben, wo er alles hinwerfen wollte. „Es ist so sinnlos, Tag für Tag, das zu machen, was andere dir diktieren. Meine Wünsche und Inte-

ressen bleiben dabei auf der Strecke. Die Dorf-
bewohner/innen erzählen tagtäglich genüsslich
ihre Geschichten und sie amüsieren sich immer
wieder bei neuem Klatsch im Wohnzimmer, während
ich dieses Geschwätz, aber auch die Herrschaft
der Lehrer/innen über mich ergehen lassen
muss", stöhnte er. „Was tun"? Er fragte
wie- derholt nach dem Warum seiner Situation:
„Warum ist diese Welt für mich so und nicht
anders"? Immer wieder fragte er sich auch, ob
sich das Ganze überhaupt lohne. Er konnte
jedoch auf die Frage keine andere Antwort
geben, als die, durchzuhalten und
weiterzumachen. Jeder Monat näher zum
Abschlussexamen war ein Monat näher zum
Licht am Ende des Tunnels. Der Weg zum
Abitur war ein ständiger Wechsel zwischen Hoffen, es zu schaffen und dem Bangen, es nicht
schaffen zu können, einer Schwankung zwischen
Selbsterniedrigung und Selbsterhöhung, einem
Wandel von der Resignation zum Aufbäumen. Wenn
der Sinn im Leben darin besteht, Sinn im Hier
und Jetzt zu finden, dann waren diese Jahre
zwischen Mittlerer Reife und Abitur bestimmt
keine sinnvollen für ihn. Auf jeden Fall sollte
das Leben danach, das war seine Hoffnung, sinnvoll sein. Das jetzige entfremdete und unglückliche Leben war also für ihn nur eine Vorbereitung auf ein besseres Leben in der Zukunft,
das er auf Grund des möglichen gymnasialen Ab-
schlusses in dieser Weise konstruierte.

Schließlich schaffte es Siegfried
und es war seine Vorstellung, dass er mit dem
Abiturzeugnis aus der Arbeiterwelt ausbrechen
und in eine höhere Welt eindringen könne.
Gleich nach der Bekanntgabe wurde in einer

Gaststätte in der Nähe des Gymnasiums gefeiert. Es war die große Erleichterung für ihn, aber auch für viele seiner Mitschüler/innen; es wareine Befreiung aus der Welt der Notwendigkeit. Die Welt in der Zukunft sollte von nunmehr an nicht länger so sein, wie sie jahrelang für ihn gewesen war. Eine neue Hoffnung keimte in ihm auf. Die Welt des Noch-Nicht sollte fortan an- ders, verheißungsvoller und aussichtsreicher werden.

Kapitel 7

Kapitel 7.1 Leben als Soldat: das sinnlose Kasernendasein

Kapitel 7. 1.1 Zustellung des Einzugsbescheids

Die Abiturfeier lag nur einige Tage zurück und Siegfried machte sich in den darauffolgenden Tagen Gedanken, was und wo er studieren wollte. Auf dem Gymnasium waren Mathematik und Sport einige der wenigen Fächer, die er einigermaßen interessant fand und es gab Universitäten oder Hochschulen im Tal, die nicht zu weit vom Weiler entfernt waren und diese Thematiken anboten. Er zog sogar in Betracht, den Führerschein zu machen und mit einem gebrauchten, billigen Auto dorthin zu fahren, sodass er in der Nähe seiner Mutter sein konnte. Er hatte während der Sommerferien im gleichen Betrieb, in welchem auch seine Mutter tätig war, gearbeitet und sich einen kleinen Betrag zusammengespart. Siegfried unterschied sich doch wesentlich von anderen Student/innen, die lieber von den Eltern weg in ein Studentenwohnheim ziehen oder in einem Appartement wohnen wollten. Ihnen schwebte die große Freiheit vor, unbeaufsichtigt zu tun und zu lassen, was ihnen in den Kopf kam. Siegfried dagegen war emotional zu sehr an seine Mutter gebunden, die ihn versorgte und sein Leben organisierte. Er hatte sich bislang noch nie von ihr über einen Tag hinaus getrennt und war zu keiner Zeit auf eigenen Beinen gestanden. Jeden Tag war er mit ihr als Bezugsperson zusammen und sie hatte sehr starken Einfluss auf die Gestaltung seines Alltagslebens.

Bei all den Überlegungen klingelte der Postbote an der Tür und überreichte Siegfried einen Einschreibebrief. Er staunte über diese Form des brieflichen Verkehrs, denn er hatte in seinem ganzen Leben noch nie solch ein Schreiben erhalten. Der Absender verblüffte ihn. Der Brief wurde von der Bundeswehr verschickt. Der Einzugsbescheid wurde ihm zugestellt. Er sollte sich am 1.April 1962 in der Bundeswehrkaserne in Bad Reichenhall einfinden. Nach dem Wehrpflichtgesetz sollte er 15 Monate lang den Wehrdienst ableisten. Dieser Bescheid war ein Schock für ihn, denn es riss ihn jäh aus seinen intensiven Bemühungen heraus, ein Studium aufzunehmen. Der Wehrdienst bzw. die Kriegsdienstvorbereitung, wie er ihn deutete, war aber auch gegen seine Antikriegsgesinnung, die er seit seiner Kindheit der Kriegs- und Nachkriegsjahre entwickelte. Eine Waffe zu tragen und Menschen zu töten oder gar Bomben auf Wohngebiete zu werfen, wie er das im 2. Weltkrieg erlebte, als er am Ende der kriegerischen Auseinandersetzungen von den vielen getöteten und verwundeten Soldaten und Zivilisten zu hören und auf seiner Flucht die verbliebenen Zeichen der Verwüstung zu sehen bekam, stand für ihn völlig außer Frage. Krieg war für ihn schrecklich und sich an Kriegshandlungen zu beteiligen, noch schrecklicher. Ein Horror-Gefühl kam bei ihm auf.

Siegfried und seine Mutter stellten sich vehement gegen den Bundeswehrdienst. Sie wussten aber nicht genau, wie sie Einspruch dagegen einlegen sollten. Im Grunde genommen hätte Siegfried bereits vor der Musterung oder spätestens bei der Musterung Wehrdienstverweigerung und dementsprechend Ersatzdienst beantragen sollen. Er hatte zwar das Abitur absolviert, war aber in vielerlei Hinsicht im Alltagsleben und was die institutionellen Gesetzmäßigkeiten anbetrafen naiv. Die Mutter ging davon aus, dass der Pfarrer der freikirchlichen Gemeinschaft am besten wissen sollte, was zu tun sei. Doch es dauerte bis zum 2.April bis sie einen Termin bei ihm bekommen konnte, da er zwei Wochen Urlaub machte. Beide gingen am Vormittag desselben Tages dort hin, um Ratschläge für das weitere Vorgehen einzuholen. Die Freikirche unterstütze zwar Kriegsdienstverweigerer und berufe sich dabei auf das Grundgesetz, dass niemand gegen sein Gewissen zum Kriegsdienst mit der Waffe gezwungen werden dürfe, meinte der Prediger, doch es müsse immer ein rechtsförmiges Verfahren eingehalten werden. Siegfried hätte rechtzeitig einen Antrag auf Kriegsdienstverweigerung stellen müssen und daraufhin wäre eine mündliche Anhörung angesetzt worden, wobei vom Bundeswehr-Gremium entschieden worden wäre, ob die Gewissensgründe anzuerkennen seien oder nicht. Jetzt sei es dafür zu spät, gab der Prediger zu bedenken. Da dieses Verfahren nicht eingehalten wurde, müsse Siegfried wohl oder übel in den sauren Apfel beißen und sich sofort beim Wehrdienstamt melden. Er könne zwar mit ihm jetzt zusammen einen Antrag auf Kriegsdienstverweigerung stellen, die Bearbeitung und die Festsetzung eines Termins könne aber mehrere Wochen dauern.

Als Siegfried und seine Mutter vom Besuch des Pfarrers in das Dorf Weiler zurückkehrten, kam am Nachmittag auch bereits der Gesandte des Bürgermeisters und informierte Siegfried, dass er sich sofort bei der Kreiswehrdienststelle melden solle. Wenn er sich nicht bis morgen dort melde, würden Strafmaßnahmen verhängt werden. Voll von Verzweiflung, Beunruhigung und Ängsten packte er zum ersten Mal in seinem Leben einen Koffer mit einigen persönlichen Sachen. Im Grunde genommen packte die Mutter seinen Koffer, wobei keiner der beiden eigentlich wusste, welche Sachen bei der Bundeswehr benötigt und welche von der Bundeswehr gestellt werden würden. Beide fühlten sich elend, total niedergeschlagen und zitterten an Leib und Seele. Es dauerte Stunden bis Siegfried einschlafen konnte und immer wieder wachte er auf und drehte sich im Bett. Zwischendurch hatte er einen Traum, der ihm offenbarte, wie er in Kriegshandlungen verwickelt war und wie ein Wilder um sich schoss und einen nach dem anderen der Feinde erschoss und er danach für das Morden vom Offizier beglückwünscht wurde. Doch kurz darauf wurden beide aus dem Hinterhalt angegriffen und selbst getötet.

Nach diesem Traum konnte er nicht mehr schlafen. Das Bild seiner Großmutter, die vor mehreren Jahren auf dem Sterbebett lag und wo er mit der Mutter, dem älteren Bruder nebst zwei anderen Verwandten Totenwache hielt, hatte er plötzlich vor Augen. Er beobachtete, wie seine Oma zu ihrem Ende gekommen war. Es war damals eine tief greifende und verzweifelnde Erfahrung für den jungen Menschen Siegfried, den Tod so hautnah zu erfahren. Sollte er nun selbst als Soldat in den Krieg geschickt werden und bei einem Einsatz sterben. Die Oma war relativ alt, als sie starb, aber er sei, so ging es durch seinen Kopf, noch jung und er habe noch so viele Vorstellungen vom Leben, die er verwirklichen wollte. Er hatte den Tod eines anderen Menschen mitbekommen, aber nunmehr ging es um ihn selbst, um sein Sterben, um seinen Tod. Nicht länger war es möglich, dem Tod auszuweichen, sondern er musste ein persönliches Verhältnis zu seinem Tod aufbauen. Aber das gelang ihm nicht so richtig, denn der Gedanke, begraben oder kremiert zu werden, war für ihn entsetzlich. Er reflektierte über das Wesen des Todes. „Was ist der Tod? Tod heißt doch, nicht mehr in dieser Welt zu sein, zu vergehen und sich aufzulösen. Schrecklich!" Dieses Denken stimmte ihn betrüblich. „Vielleicht ist ja nicht mein Tod die Folge des Krieges, sondern ich werde verwundet, so verwundet, wie ich es nach dem Zweiten Weltkrieg zu sehen bekam. Aber ist verwundet sein nicht besser als sterben? Ich lebe noch, bin noch in der Welt, selbst wenn ich Beine und Hände verlieren sollte", zog er in Betracht. Auch was nach dem Tode kommt, ließ sich für ihn im Zusammenhang mit seinem möglichen Tod nicht vermeiden, denn er wollte ja nicht vergehen und für immer verschwinden. Irgendwie wollte er, dass sein Ich weiterlebt oder dass er wiedergeboren wird oder von den Toten aufersteht, wie seine Mutter und die Freikirche dieses Leben nach dem Tod konstruierten. Diese Botschaft, dass ein Leben nach dem Tode möglich sei, war wie ein Strohhalm, an den er sich klammerte.

Kapitel 7.1.2 Siegfrieds Aufbruch zur südbayrischen Bundeswehr-Kaserne

Am nächsten Tag musste Siegfried sehr früh aufstehen. Diese Fahrt zur Bundeswehrkaserne war erstens ein Schritt ins Unbekannte, denn er wusste nicht, was ihn erwarten würde. Er hatte aber auch Angst, dass in der Phase der politischen Spannungen zwischen Ost und West ein Krieg ausbrechen könnte und er mittendrin im Bundeswehrumfeld als Krieger an die Front geschickt werden könnte, gerade er, der seit der Weimarer Zeit den Krieg mit all seiner Zerstörungskraft und Verstümmelung sowie Vernichtung menschlicher Wesen hasste. Doch es war seine Schuld, dass er sich nicht rechtzeitig als Kriegsdienstverweigerer anerkennen ließ. Zweitens war der Aufbruch zur Bundeswehr auch ein Schritt weg von der Mutter, die zwar autoritär in Erscheinung trat, die ihn jedoch tagtäglich umsorgte und seine Alltagswelt organisierte. Sie stand für ihn für Sicherheit und wohlwollende Geborgenheit. Der Aufbruch war mit Ängsten und Zweifeln verbunden, ob er es schaffen würde, auf sich allein gestellt und zurückgeworfen in der rauen Welt der Bundeswehr zu bestehen. Er war trotz Abitur nicht selbständig genug. Im Gegenteil: Die starke Mutterbindung machte ihn ziemlich unselbständig. Er hatte ein mulmiges Gefühl bei seiner Abreise und zweifelte an sich selbst und seinen Fähigkeiten. Die Ängste waren da und er war ihnen hilflos ausgeliefert. Doch dann kam das gegenteilige Gefühl in ihm auf, dass er es schaffen werde und er wurde kurzfristig wieder zuversichtlich.

Es war eine lange Strecke, die er mit dem Bus und Zug und mehrmaligem Umsteigen zurücklegen musste. Er war während der Fahrt sehr deprimiert; nichts konnte ihn aufheitern, noch nicht mal die wunderschönen Bilder der Natur - das saftige Grün der Bäume, die blühenden Landschaften, die fließenden Flüsse und die teilweise noch mit Schnee bedeckten Bergketten. Er erfreute sich auf der schwäbischen Alb immer wieder der Natur und ging, wann immer er Zeit fand, hinaus auf die Wiesen und Felder. Er, der sonst immer gesprächig war und vom Weiler oft als der gesprächige Siegfried bezeichnet wurde, war zutiefst in sich versunken und wollte mit niemandem sprechen. Seine Gedanken drehten sich immer darum, was wohl auf ihn zukommen werde und ob er das alles meistern könne, obwohl er immer wieder an seine eigenen Fähigkeiten glaubte.

Nach langer, ermüdender Fahrt erreichte er schließlich die Bundeswehrkaserne. Ein Wachsoldat brachte ihn zur Verwaltungsstelle. Dort bekam er Bettwäsche, Kleidung, Kleiderbügel, Schuhe u. a. Er erhielt einen Truppenausweis und es erfolgte eine ärztliche Untersuchung, die seine Wehrtauglichkeit überprüfte, obwohl diese ja bereits bei der Musterung festgestellt wurde. Die diversen Gebäude der Bundeswehrkaserne wurden von Siegfried als hässlich und abstoßend empfunden. Irgendwie sah er Ähnlichkeiten zu der Fabrik, in der er in den Sommerferien gearbeitet hatte, aber auch zur Schule, in welcher er sein Abitur absolvierte. Es waren funktionale Bauten ohne Glanz und Lebendigkeit. Die Schule hatte marktgängige, die Kaserne kriegsgängige Funktionen, für die erstere Institution war die Vorbereitung auf den Markt zentral, für die letztere Institution die Vorbereitung auf den Krieg. Es waren einfach keine Orte zum Leben oder Einrichtungen des Wohlbefindens. Das war Siegfried trotz seiner Naivität klar geworden.

Kapitel 7.1.3 Zuteilung einer Bundeswehr-Stube

Der zum untersten Dienstgrad seiner Truppengattung eines Schützen ernannte Siegfried wurde schließlich von einem Gefreiten, auch einem Abiturienten, zu seiner Bude gebracht. Sie überquerten den großen Exerzierplatz. Dabei erwähnte er seinem Begleiter, dass er eigentlich ein Kriegsdienstverweigerer sei. Der Gefreite wollte wissen, ob er als solcher anerkannt worden sei. Er informierte ihn darüber, dass er den Antrag auf Kriegsdienstverweigerung zu spät gestellt habe, worauf der Gefreite ihm nahelegte, bis zur Anerkennung ja nicht den Dienst zu verweigern, denn mit der Verweigerung drohe ihm eine Kerkerstrafe in der Kaserne. Er behauptete, einige wären schon dieser Strafe ausgesetzt worden, weil sie gewisse Befehle nicht ausführen wollten. Er betonte, dass selbst wenn er sich nur als ein Stück Dreck fühle und ihm bestimmte Handlungen sinnlos erscheinen sollten, es das Beste für ihn sei, die gegebenen Befehle nicht zu verweigern. Jeder Soldat müsse manchmal die Zähne zusammenbeißen und machen, was ihm befohlen werde. Die Bundeswehr könne man mit einer Maschine vergleichen, wobei jeder einzelne Soldat ein zu funktionierender Teil sei und die Offiziere und Unteroffenziere seien diejenigen die das Funktionieren der Maschine gewährleisten würden. Aber auch sie müssten sich gegenüber ihren Vorgesetzten rechtfertigen. Der Gefreite versuchte mit einer alltagsnahen Sprache Siegfried ins Gewissen zu reden und er erkannte sofort, wie kompliziert und verzwickt dieses bürokratische, stahlharte Militärgehäuse war.

Sie bewegten sich in Richtung eines dreigeschossigen Gebäudes mit hochgelegenem Erdgeschoss und zwei Stockwerken darüber. Siegfried wurde zum zweiten Stockwerk gebracht und letztendlich zu der Bude, die er mit anderen teilen würde. Fünf Betten waren bereits belegt. Das sechste Bett war für ihn vorgesehen. Das Mobiliar war sehr alt, wahrscheinlich noch aus dem Dritten Reich, denn die Nationalsozialisten errichteten die Kaserne in ihrer Aufrüstungspolitik in den dreißiger Jahren und sie war bis in die Anfänge der sechziger Jahre kaum verändert worden. Nach dem Zweiten Weltkrieg entschieden sich die Amerikaner, die im Krieg nur wenig beschädigte Kaserne als Unterbringung für Vertriebene zu nutzen.

Siegfried bekam einen Spind mit Schlüssel, in welchem er seine wenigen Habseligkeiten unterbringen konnte. Es hielt sich zu der Nachmittagszeit keiner in der Stube auf, denn sie nahmen an einer theoretischen Ausbildung teil. Der Gefreite zeigte ihm auch noch die Sammelwasch- und Duschräume. Siegfried hatte in seinem ganzen Leben noch nie mit anderen zusammen geduscht und die Worte seiner prüden Mutter hallten bei der Wahrnehmung dieser Räume in seinen Ohren wider, sich nicht anderen Menschen nackt zu zeigen. Doch wie sollte diese moralische Einstellung der Mutter auf seine jetzige Alltagswelt bei der Bundeswehr übertragen werden? Es gab keine individuellen Duschen für die Schützen. Wollte man duschen, musste man die Duschen mit anderen teilen.

Die Mitbewohner der Stube kamen eine Stunde später vom Unterricht zurück, als sich Siegfried so gut wie möglich einzurichten versuchte und intensiv mit sich selbst beschäftigte, insbesondere mit seinen Ängsten und Zweifeln auseinandersetzte und sich selbst einzureden versuchte, dass er es schaffen werde und dass es während seiner Bundeswehrzeit keinen Krieg geben werde. Einige Mitbewohner gingen beherzt auf ihn zu, andere wiederum waren zurückhaltender, da sie eher weniger als mehr Bewohner auf der Stube haben wollten. Es wurde für sie einfach zu eng. Gemeinsam entschieden sie sich, essen zu gehen. Einige der Mitbewohner meinten, das Essen bei der Bundeswehr wäre „ein Fraß", doch Siegfried klagte in seiner bisherigen Lebensgeschichte nie über das Essen, das seine Mutter zubereitete. Warum sollte er gerade bei der Bundeswehr darüber klagen. Seine Mutter prägte ihm ein, immer das zu essen, was auf den Tisch kam. Seine Bedenken waren anderer Art. Er fühlte sich in dem schwelenden Ost-West Konflikt als Krieger mitten in den Kriegsvorbereitungen, an denen er gar nicht teilhaben wollte. Das Essen war dabei eine Nebensache. Die Hauptsache war für ihn, sich nicht an einem Krieg beteiligen zu müssen.

Am Wochenende flohen die meisten Mitbewohner der Bude vom Zwang der Militärausbildung zu freizeitlichen Vergnügungen. Sie waren darauf aus, draußen die Welt der Freiheit zu genießen, seien es dass sie ihre Liebste sahen, ins Kino gingen oder auch den Puff aufsuchten. Selbst an Werktagen betranken sich einige Soldaten nach Dienst, um die Woche rumzubringen und immer wieder hörte Siegfried abends das Gebrüll der Soldaten am anderen Ende der Kaserne, mit welchem sie die noch verbleibende Zahl der Diensttage aus vollem Halse in ihre Umgebung schrien – ein Zeichen ihrer Unwilligkeit und Entfremdung. Für Siegfried dagegen war am Wochenende eine andere Welt, nämlich die der Freikirche, bestimmend für seine Freizeitgestaltung. Seine Mutter freute sich über diese Nachricht, aber auch er bekam dort einen bestimmten Halt und eine gewisse Unterstützung in seinen schweren Tagen bei der Bundeswehr. Es waren in der Freikirche ungefähr dreißig Leute versammelt und sie freuten sich über den Besuch des Schützen Siegfried. Die Begegnungen waren herzlich und er wurde auch nicht selten zum Essen eingeladen. Die kleine Freikirche war sehr missionarisch ausgerichtet und es wurde ständig zu Spenden für die armen, hungrigen, kranken und unterversorgten Menschen in Afrika aufgerufen. Hin und wieder wurden Filme über das Elend der dortigen Menschen gezeigt und wie notwendig missionarische Tätigkeit sei. Das filmische Material machte einen nachhaltigen Eindruck auf Siegfried. Statt sich an Kriegsvorbereitungen und der möglichen Tötung von Menschen zu beteiligen, erkannte er es als viel sinnvoller, sich gegen das Leiden der Menschen stark zu machen. Irgendwie ließ ihn der Gedanke, missionarisch tätig zu werden, nicht los. Menschen in ihrer Not zu helfen, statt sie zu töten, schien für ihn sein Zukunftsmotto zu sein. Er antizipierte in seiner Gedankenwelt eine Zukunft, in welcher es den Anblick des hässlichen Krieges nicht mehr geben und durch den Anblick des Schönen, Angenehmen und Menschlichen ersetzt werden sollte. Freude an den Menschen zu haben, statt sie als Feinde zu fürchten oder gegen sie zu kämpfen und sie gar zu vernichten, war nunmehr sein Leitsatz. Nachdem er die diversen Filme über Afrika zu sehen bekam, war er sehr ergriffen und zugleich bewegt, welche Armut in Teilen Afrikas herrschte und wie sinnvoll es wäre dort helfend tätig zu sein. Er fragte sich: „Warum gibt es so viel Armut in Afrika"? Er hatte sich einfach zu wenig mit diesem Gebiet der Welt beschäftigt und im Erdkundeunterricht auf dem Gymnasium konnte er keinen Bezug zu diesem Kontinent herstellen, weil er zu weit von seinem Dorf entfernt war und er nie dachte, dort jemals hinzugehen. Er konnte ein Mitgefühl zu diesen armen Menschen herstellen, weil er ja selbst nach dem Zweiten Weltkrieg Armut und Hunger ausgesetzt war.

Kapitel 7.1.4 Grundausbildung bei der Bundeswehr

In der Anfangszeit lernte Siegfried erste Verhaltensweisen des soldatischen Alltags, wie das richtige Antreten und Marschieren, kennen. Es wurde geprüft, ob er im Gleichtakt und Gleichschritt vorrücken konnte. Er erhielt mit anderen zusammen zunächst theoretischen Unterricht in Gelände- und Waffenkunde und danach folgten die praktischen Anteile, nämlich die, wie man eine Waffe handhabt und wie man auf einer Standortschießanlage schießt. Siegfried musste sich an längeren Märschen beteiligen und er musste mit anderen zusammen sich im Gelände orientieren und bestimmte vorgegebene Endpunkte finden. Der Körper Siegfrieds und der der anderen wurde durch militärische Disziplin und umfassende Kontrolle funktionalisiert und somit wehrtüchtig gemacht. Er und die anderen wurden in der Bundeswehr als Objekte der Konditionierung, Verwaltung, Steuerung, Regulierung und Manipulation konstruiert und die diversen Körper sollten auf diesem Wege zu produktiven Höchstleistungen gebracht werden. Sie sollten bis an die Grenzen ihrer Leistungsfähigkeit gebracht werden. Siegfried erlebte diesen Zwang zur Höchstleistung mehrmals, als die Truppe mit Rucksack und Gewehr bei Temperaturen von fünf und zwanzig bis dreißig Grad nicht nur den halben Tag Märsche durchstehen

musste, sondern auch nicht selten schwerbe-
packt im Lauftempo durch die Gegend getrieben
wurde. Auch Märsche ins Gebirge waren keine
Seltenheit. All die diversen Märsche gingen
bis zum Letzten oder Äußersten der physischen
und psychischen Leistungsmöglichkeiten und
dieses Austesten der menschlichen Grenzen
durch die Offiziere und Unteroffiziere machte
einigen Soldaten zu schaffen. Einige konnten
einfach nicht mehr, hielten an oder hin und
wieder brach einer vor Erschöpfung zusammen.
Nicht selten wurden diese erschöpften Soldaten
als „Weichlinge" erniedrigt. Siegfried dagegen, der von seiner Kindheit an sportlich ausgerichtet war, gab nie auf, spornte sich selber
immer wieder an und ging stetig davon aus, er
werde es schaffen. Die Ausbilder lobten ihn,
ebenso wie die anderen, die es, wie er, schaff-
ten. Sie wurden als „starke Männer" bezeichnet. Siegfried wurde als vorbildlicher Soldat
eingestuft, was ihn freute, doch es stellte
sich ihm auch die Frage, warum er als Kriegsdienstverweigerer überhaupt solch ein vor-
trefflicher Soldat sein wollte. Wollte er de-
monstrieren, dass Wehrdienstverweigerer keine
Weichlinge sind? Wollte er beweisen, wie sportlich er war? Wollte er seine Ausdauer und Un-
erschöpflichkeit den anderen zeigen? Es schien
als wollte er es einfach schaffen und wusste
in seiner Introspektion selbst nicht warum. Für
ihn gab es keinerlei Nutzen, ein einzigartiger
Soldat zu sein, denn er wollte ja gar kein
Soldat sein; im Gegenteil vielleicht könnte
diese Auszeichnung ihm sogar zum Nachteil bei

seiner Anhörung als Kriegsdienstverweigerer werden.

Siegfried wurde noch in zwei anderen Ausbildungsbereichen von den Offizieren gelobt. Der eine Bereich war die von ihm erbrachte Sportleistung, einem wesentlichen Teil des Dienstplans des Soldaten, weil sie zur soldatischen Ertüchtigung beitragen sollte. Er war der Beste im Laufen, Springen und Werfen. Die Ausbilder staunten über seine sportliche Fitness und seine grandiosen Leistungen – eine Fortsetzung seiner bereits auf dem Gymnasium gezeigten exzellenten sportlichen Fähigkeiten, was für ihn nach dem Abitur der Grund war neben Mathematik Sport zu studieren, ehe er den Einberufungsbefehl zugestellt bekam. Der zweite Bereich, der ihm Lob einbrachte, war die Schießleistung. Gerade er, der sich als Kriegsdienstverweigerer anerkennen lassen wollte, war unter den Besten. Selbst der Offizier konnte diese von Siegfried erzielte Schießleistung kaum glauben und musste sich nochmals am Schießstand vergewissern. Den Ausbilder drängte es, diesen für ihn krassen Widerspruch zwischen Siegfried dem Kriegsdienstverweigerer und Siegfried dem beinahe besten Schützen auf der Standortschießanlage aufzulösen. Nur Siegfried war in der Lage, ihm das zu erklären und er tat es, nachdem ihm diese Frage gestellt wurde. Er bezeichnete das Schießen als eine Art Sport, wie dies ja bei den Olympischen Spielen auch der Fall sei. Die Pappfiguren wären für ihn eben solche, nämlich tatsächliche Pappfiguren und stünden symbolisch nicht für Menschen oder Feindbilder, entgegnete er.

Eines Tages sah er einen Aushang am schwarzen Brett, auf welchem zu lesen war, dass sich an jedem Mittwoch gegen Abend fußballbegeisterte Soldaten treffen würden. Siegfried war Feuer und Flamme, als er die Nachricht las und freute sich, dass sich Soldaten für das Fußballspielen interessierten. Er ging freudestrahlend dort hin. Insgesamt waren es beim ersten Treffen zehn Soldaten. Sie entschieden sich dafür, zwei gegeneinander spielende Mannschaften zu bilden. Die Zahl der Fußballbegeisterten variierte von Mal zu Mal, aber es konnten immer zwei Mannschaften aufgestellt werden und die meisten Soldaten spielten ziemlich gut. Wie zuvor in Weimar, im Weiler und auf dem Gymnasium staunten sie über Siegfrieds Fußball-Künste. „Du solltest Fußballspieler werden", war die einhellige Meinung der Mitspieler. Als er ihnen mitteilte, dass seine Mutter ihm das verboten hätte, daraus einen Beruf zu machen, erwiderten sie: „Die Mutter kann's dir nicht verbieten, denn du bist nicht mehr minderjährig. Lass dir das nicht gefallen"! Siegfried wurde zum Nachdenken gebracht und rang sich zu der Meinung durch: „Vielleicht haben sie ja Recht, ich will aber keine Konflikte mit meiner Mutter". Trotzdem beschäftigten ihn die Aussagen der Soldaten eine Zeit lang und er fragte sich, ob er sich doch nicht zu sehr von seiner Mutter bestimmen lasse und vielleicht in Zukunft sein eigenes Leben nicht doch mehr selbst bestimmen sollte.

Kapitel 7.1.5 Mündliche Verhandlung über den Kriegsdienstverweigerer Siegfried

Siegfried musste als Antragsteller zur Anerkennung als Kriegsdienstverweigerer über einen Monat warten, bis er schließlich informiert wurde, dass eine mündliche Anhörung diesbezüglich in vier Wochen, Anfang Juni, anberaumt werden würde. In der Zwischenzeit traf er auf einen Soldaten, dessen Ersuchen erst vor kurzem abgelehnt wurde. Er berichtete ihm über seine äußerst negativen und unerfreulichen Erfahrungen, die er im Prüfungsverfahren machen musste. Der Ausschuss sei darauf aus gewesen, ihn aufs Glatteis zu führen, ihn mit Fangfragen in Widersprüche zu verwickeln, um auf diese Weise seine Glaubhaftigkeit in Zweifel zu ziehen. Er teilte ihm ferner mit, dass ein Großteil der Anträge auf Kriegsdienstverweigerung abgelehnt werde, weil die erst vor wenigen Jahren gegründete Bundeswehr einen enormen Bedarf an Menschenmaterial benötige und Bundeswehrverweigerung diesem Ziel widerspreche. Diese Äußerungen und Einschätzungen passten ganz und gar nicht in das Konzept Siegfrieds, denn er ging von einem einfachen Verfahren aus. Seine Selbstsicherheit „ich schaffe das" wich plötzlich Selbstzweifeln „werde ich das schaffen"? Gefühle der Unsicherheit kamen auf und Fragen stellten sich ihm, ob er nicht das gleiche Schicksal wie sein Kamerad erleiden würde. Das Prüfungsverfahren beschäftigte ihn fortan ständig. Sogar seine Träume spiegelten schreckende Bilder der Prüfungssituation wider. Je näher der Prüfungstermin rückte, umso angespannter und sorgenvoller wurde er.

Siegfried bezeichnete sich selbst als einen Pazifisten. Er beschäftigte sich mit der Frage: „Warum ist jedoch die Welt so -voller Kriege - und nicht anders - warum ist sie nicht eine Welt des Friedens"? Es war seine ethische Grundeinstellung, Kriege jedweder Form abzulehnen, er sah aber auch jegliche Gewalt als kein Mittel, Konflikte zu lösen. Er erinnerte sich an Jesus und seine Botschaft im Matthäus Evangelium: „Selig sind die Friedfertigen, sie werden Söhne Gottes genannt werden". Es fielen ihm auch die Worte Jesu aus der Bergpredigt ein, nicht auf Gewalt mit Gegengewalt zu reagieren; vielmehr sollten seine Nachfolger Feindesliebe offenbaren. Er war sich nicht so sicher, ob in der Tat die Erbsünde dafür verantwortlich gemacht werden konnte - die Version seiner Mutter und der Freikirche - dass Kriege geführt werden. Er machte sich Gedanken darüber, ob es je eine Welt in der Zukunft ohne Aggressionen und folglich eine Welt ohne Konflikte und Kriege geben könne. Er beschäftigte sich intensiv mit dem Gedanken, ob in einem von Jesus proklamierten Königreich Gottes eine neue Welt ohne Aggressionen und Kriege aufgebaut werden könne.

Anfang Juni vormittags war das Prüfungsverfahren angesetzt worden. Siegfried wählte als Beistand den Pfarrer der freikirchlichen Gemeinschaft, den er eine Stunde früher treffen wollte, denn es war noch das eine oder andere vorweg zu besprechen. Doch der Prediger blieb im Verkehr stecken und konnte erst fünf Minuten vor Eröffnung des Verfahrens erscheinen, sodass keine Zeit mehr für vorbereitende Gespräche zur Verfügung stand. Sie bewegten sich auf einen kleinen Saal hin, in welchem der Prüfungsausschuss tagte. Derselbe setzte sich aus vier Personen zusammen. Der Vorsitzende zum einen, der von der Bundeswehrverwaltung eingesetzt wurde und drei Personen aus dem öffentlichen Leben, zwei aus der jeweiligen Stadt und einer vom betreffenden Bundesland. Der Verhandlungsverlauf hing, wie bei den Verhandlungen zuvor, zum größten Teil vom Vorsitzenden, der die Verhandlung leitete, ab.

Bei der Eingangsfrage bat der Vorsitzende Siegfried, kurz seinen Lebenslauf – Geburt, Familie, Ausbildung, Hobbies und Religionszugehörigkeit - mitzuteilen. Er tat dies, wie verlangt, während seine Beine zitterten und er ins Schwitzen kam, denn es war nicht nur ein heißer Tag ohne einen luftgekühlten Raum, sondern er spürte in sich die extreme Angst, ja keinen Fehler machen zu dürfen. Ein Fehler, so war seine Befürchtung, könne ihn die Anerkennung als Kriegsdienstverweigerer kosten.

In der zweiten, vom Vorsitzenden aufgeworfenen Frage sollte Siegfried seine Gründe gegen den Kriegsdienst erläutern. Er begründete seine Verweigerung nicht politisch; vielmehr explizierte er seine religiösen und humanitären Motive. Er ging aus einer religiösen Perspektive heraus auf die Zehn Gebote ein und zitierte das fünfte Gebot „Du sollst nicht töten". Danach verwies er auf Jesus und sein Gebot der Nächstenliebe und Feindesliebe. Man solle, Jesus zufolge, nie Böses mit Bösem vergelten. Aus einer humanitären Sichtweise heraus und auf Albert Schweitzer verweisend zitierte er den Willen zum Leben, der sich in jedem Lebewesen manifestiere: „Ich bin Leben, das leben will, inmitten von Leben, das leben will". Für Schweitzer wie auch für Jesus sei es das Ziel gewesen, auf die Fülle des Lebens und nicht auf seine Vernichtung hinzuwirken. Diese Sichtweisen, so Siegfried würden in aller Deutlichkeit dem Kriegsdienst mit der Waffe widersprechen.

Er dachte, er hätte trotz seiner Aufgeregtheit und Nervenanspannung die Gewissensgründe klar und deutlich dargelegt. Doch so sah es der Vorsitzende nicht. Er betrachtete die Argumente Siegfrieds als abstrakt und klischeehaft. Der Vorsitzende wollte das Ganze viel konkreter und alltagsnäher an einem Beispiel diskutieren. Er wählte ein Beispiel aus, in welchem Siegfried sich vorstellen sollte, er wäre mit seiner Mutter zusammen und sie würde plötzlich von einem Mann mit einem Messer attackiert. Der Vorsitzende wollte Siegfrieds konkretes Handeln in Erfahrung bringen: „Wie würden Sie sich verhalten?" „Was würden Sie konkret tun?" Er überlegte kurz und als ihm dann in den Sinn kam, dass die meisten Überfälle mit Geld zu tun hätten, antwortete er in diesem Sinne und erklärte, wie er Geld und Wertgegenstände aushändigen würde und somit der Täter zufrieden gestellt werden könnte, denn das sei ja alles, was er wolle, glaube er.

Der Vorsitzende war mit der Antwort nicht zufrieden. Es ginge in seinem Beispiel nicht um einen Dieb, sondern um einen gemeingefährlichen Geisteskranken oder Irren, der mit einem Messer seine Mutter grundlos angreifen wolle. Siegfried verwies darauf, auch einen Geisteskranken im Weiler kennen gelernt zu haben, der aber nicht gefährlich gewesen sei. Die Stimme des Vorsitzenden wurde nunmehr lauter und sein Ton aggressiver. „Was im Weiler passiert, ist mir egal; ich habe von einem gemeingefährlichen Geisteskranken gesprochen und Sie sollen sich darauf beziehen". Siegfried erschien, eingeschüchtert worden zu sein; er wurde vor ein Dilemma gestellt. Er wollte einerseits das Leben seiner Mutter schützen, aber andererseits auch selbst keine Gewalt ausüben. „Was tun?" „Was wäre eine sinnvolle Antwort?", überlegte er sich. Er kam wieder ins Schwitzen. Er befand sich in einer schrecklichen Klemme. Seine Antwort, er wolle seine Mutter schützen, sich vor sie stellen und gleichzeitig versuchen, dem Geisteskranken das Messer aus der Hand zu reißen, befriedigte den Vorsitzenden überhaupt nicht, weil er in dieser Handlungsweise einen krassen Widerspruch zu der von ihm selbst vorgetragenen Botschaft Jesu, sich selbst nicht zu verteidigen, konstatierte. Das war wohl das Ende seiner Bemühungen und Anstrengungen, als Kriegsdienstverweigerer anerkannt zu werden, dachte er.

Kurz danach startete der Vorsitzende noch einen weiteren Versuch, Siegfried als Kriegsdienstverweigerer zu diskreditieren. Er las ein vom diensthabenden Offizier der Kaserne verfasstes Gutachten vor, in welchem Siegfried als vorbildlicher Soldat bewertet wurde. Seine Leistungen seien in jeglicher Hinsicht, auch im Schießen, ausgezeichnet. Der Vorsitzende sah einen krassen Widerspruch zwischen der Berichterstattung des Offiziers und Siegfrieds Behauptung, er wolle und könne nicht töten. Auch die Beisitzer konnten diesen augenscheinlichen Widerspruch nicht nachvollziehen und stellten die Frage, dass er auf der einen Seite als einer der besten Schützen bei der Bundeswehr eingestuft worden sei und auf der anderen Seite ihm sein Gewissen es verbiete, von der Waffe Gebrauch zu machen. Siegfried war nun gefordert, den offensichtlichen Widerspruch aufzulösen. Ebenso wie er es seinem Offizier in der Kaserne bereits erklärte, versuchte er in aller Deutlichkeit dem Ausschuss klar zu machen, wie er das Schießen als Sport betrachte und wie er des Weiteren die Pappfiguren als Pappfiguren und als sonst nichts wahrnehme. Sie stünden in seiner Sichtweise nicht für Menschen, für Feinde, die abgeknallt werden sollten. Würde er nämlich so denken, dann könnte er keinen einzigen Schuss abfeuern. Wenn das so sein sollte, wendete ein Beisitzer ein, dann könnte er ja seine Ausbildung bei der Bundeswehr in dem Glauben, auf Pappfiguren zu schießen und auf sonst nichts, fortsetzen. Siegfried hielt inne und konterte, dass er doch als Soldat auf einen Krieg mit der Waffe vorbereitet werden würde und sollte der Ost-West Konflikt zu einem heißen Krieg werden und er an vorderster Front stehen, dann könnte er nicht auf wirkliche Menschen schießen. Es würde somit eine Lücke in der Verteidigung entstehen, die auch andere gefährden könnte.

Einer der Beisitzer erkundigte sich noch nach seinen Zukunftsplänen, worauf er antwortete er wolle Missionar werden. Albert Schweitzer sei sein großes Vorbild. Er wolle Theologie, Pädagogik und Soziale Arbeit studieren und armen Menschen durch Nächstenliebe helfen. Die Botschaft Jesu der Nächstenliebe zu verbreiten gekoppelt mit sozialen und pädagogischen Diensten, das sei seine Vorstellung für die nähere Zukunft.

Es wären zwar noch weitere Fragen zur Klärung der Glaubhaftigkeit Siegfrieds zu stellen, meinte der Vorsitzende, doch in Anbetracht der vorangerückten Zeit müssten die vom Antragsteller gemachten Aussagen für die Gewissensprüfung ausreichen. Der Ausschuss zog sich für einige Zeit zurück, um über das Ansinnen Siegfrieds zu entscheiden. Das waren lange, ungewisse Minuten für Siegfried. Sein Beistand hegte Zuversicht und besänftigte ihn, er habe sich gut geschlagen. Siegfried war anderer Meinung. Er dachte, er hätte es versaut. Die Entscheidung wurde nach einiger Zeit vom Prüfungsausschuss verkündet. Siegfried wurde als Kriegsdienstverweigerer anerkannt. Ein Stein fiel ihm vom Herzen. Allerdings musste er, da ein gewisser Verwaltungsaufwand notwendig war, noch für einige Zeit als Soldat in die Kaserne zurückkehren.

Kapitel 7.1.6 Entschluss: Helfen statt töten – das missionarische Vorbild Albert Schweitzer

In der Kaserne kam er weiterhin seinen Verpflichtungen nach, reflektierte jedoch intensiv über seine Zukunft. Er las einiges über Albert Schweitzer und er wurde für ihn zum anregenden Beispiel, dem er folgen wollte. Sein Vorbild studierte Theologie, Philosophie, Medizin; außerdem war er ein hervorragender Organist. Er arbeitete mit den bedürftigen Menschen in Afrika, um ihnen in ihrer Not Hilfe zu teil werden zu lassen. Statt das Leben zu vernichten, wie das im Kriege der Fall ist und wofür er ausgebildet werden sollte, war der Missionar Albert Schweitzer darauf ausgerichtet, das Leben aller Menschen mittels Hilfeleistungen zu bejahen. Er manifestierte, wie Jesus, Solidarität mit den Geringsten auf dieser Erde. Diese vorbildliche missionarische Person mit seiner Ehrfurcht vor dem Leben zum einen und seine Bundeswehrerfahrungen bzw. seine Ausbildung zum Soldaten zum anderen, der Menschen töten sollte, wenn der Staat das von ihm fordern sollte, trugen dazu bei, dass er sein Leben überdachte. Sein zuvor angepeiltes Studium der Mathematik sowie Sport, aber auch professioneller Fußballspieler zu werden, passte nunmehr nicht mehr in seine Zukunftspläne. Stattdessen wollte er Theologie, Pädagogik und Soziale Arbeit studieren. Da Missionsarbeit von der freikirchlichen Gemeinschaft in einem College in Süddeutschland angeboten

wurde, traf er die Entscheidung, sich dort ein-
schreiben zu lassen. Seine Mutter war hellbe-
geistert von diesen Vorstellungen und Plänen.

Kapitel 8

Kapitel 8.1 Leben als Student an einer deutschen Hochschule

Kapitel 8.1.1 Siegfrieds Finanzierung des Studiums durch Arbeit

Im Laufe des Monats Juni beendete der Kriegsdienstverweigerer Siegfried seine Bundeswehrausbildung. Er war froh und erleichtert, endlich aus dem militärischen Gehäuse entlassen worden zu sein, denn die Bundeswehr war ganz und gar nicht seine Welt. Es war ihm zuwider, ständig vom Feind zu sprechen und die entsprechenden Verteidigungsmaßnahmen gegen den Feind zu ergreifen. Er wollte lieber - so seine Vorstellungen - Energien für friedensstiftende Maßnahmen einsetzen. Die Worte Jesu kamen ihm in den Sinn: „Selig sind die Friedfertigen". Sein hohes Ziel, das er sich steckte, war, denen sich in Not befindenden Menschen zu helfen. Daher wählte er die Missionshochschule als seine Ausbildungsstätte.

Er kehrte zunächst in das Dorf Weiler zurück, blieb dort einige Tage, ehe er dann nach Schweden aufbrach, um sein Studium durch den Verkauf von Büchern zu finanzieren. Ein der Freikirche gehörender Buchverlag, von dem er in Südbayern zu hören bekam, suchte nach Buchverkäufern. Die schwedische Freikirche verstand diese Tätigkeiten als Mission im eigenen Lande. Zusätzlich zu den Erlösen durch die Buchverkäufe, wurde für die Studierenden ein weiterer Prozentsatz für die Finanzierung des

Studiums an den diversen freikirchlichen Einrichtungen in Europa und in den USA vorgesehen. Siegfried wollte seinen Zeitvorstellungen entsprechend sechs bis acht Wochen als Verkäufer in Schweden tätig sein. Für dieses Vorhaben brauchte er unbedingt ein Auto. Den Führerschein machte er mit seinem ersparten Geld während seiner gymnasialen Zeit. Sein Bruder war als Versicherungskaufmann mit einem Mechaniker befreundet, für den er Versicherungen abwickelte und derselbe hatte einen alten Volkswagen als Ersatzfahrzeug in seiner Werkshalle stehen, welchen er Siegfried für die vorgesehene Zeit von sechs bis acht Wochen zur Verfügung stellte. Sich in Schweden, fern der Heimat und in einem ihm fremden Land und ohne die Leute und die Sprache zu kennen, aufzuhalten, wäre für ihn vor mehreren Monaten noch undenkbar gewesen. Zweifelsohne haben die Erfahrungen bei der Bundeswehr ihn in seinem Selbstvertrauen gestärkt und ihn motiviert, selbst etwas in die Hand zu nehmen bzw. Eigenverantwortung zu übernehmen. Er hatte es bei der Bundeswehr, auf sich allein gestellt und auf sich zurückgeworfen, geschafft, sich durchzuschlagen und er war der Meinung, dies auch in einem anderen Land schaffen zu können. Ihm wurde gesagt, dass die meisten jungen Leute in Schweden in der Lage wären, englisch zu sprechen. Er war zwar nicht gut in Sprachen auf dem Gymnasium, für Buchverkäufe würden diese Kenntnisse, so dachte er, jedoch reichen. Ihm wurde darüber hinaus empfohlen, sich ein wenig schwedisch anzueignen, damit er auch mit älteren Leuten, die nicht englisch verstehen konnten, zu kommunizieren. Er kaufte sich ein deutsch-schwedisches Wörterbuch und prägte sich die wichtigsten Vokabeln ein.

Von dem süddeutschen Dorf Weiler fuhr er über Norddeutschland, Dänemark nach Schweden. Zweimal musste er die Autofähre nehmen. In Schweden angekommen, legte er nochmals mehrere hundert Kilometer zurück, bis er schließlich das Verlagshaus in Stockholm erreichte. Er bekam vom Vertriebsleiter eine Gegend im nördlichen Teil Schwedens zugewiesen, packte eine Menge Bücher ein und los ging es. Er wusste nichts über den Inhalt der Bücher, ging jedoch davon aus, dass sie die freikirchlichen Glaubensvorstellungen verbreiten sollten. Ihm wurden vom Verlagsleiter drei Büchersortiments empfohlen. Auf einem Buch war ein wunderschönes asiatisches Mädchen abgebildet. Insbesondere Männer konstruierten diese Aufmachung als eine Liebesgeschichte und kauften das Buch, ohne vorher einen Blick in das Innere des Buches zu werfen. Nur wenige Dorfbewohner, die das Buch durchblätterten und zwischen den Seiten lasen, fanden heraus, dass es sich um religiöse Bücher handelte und schlugen den Kauf aus. Viele Menschen in Schweden waren in den sechziger Jahren Atheisten und wollten mit religiösen Büchern nichts zu tun haben.

Alles in allem waren die schwedischen Dorfbewohner/innen sehr nett und entgegenkommend. Sie erwarben ein Buch, weil Siegfried als armer Verkäufer auftrat, der kein Geld für Übernachtungen ausgeben konnte und daher im Auto schlafen musste. Sie bekamen mit, dass er in Schweden tätig war, um mit dem Verkauf der Bücher sein Studium zu finanzieren und zeigten

Mitgefühl. Bei einigen von ihnen hatte er das Gefühl, dass sie, obwohl sie mit hoher Wahrscheinlichkeit nicht Kirchengänger/innen waren, Jesu' Tugend der Barmherzigkeit und der Nächstenliebe in ihrer Alltagswelt praktizierten, eigentlich das in ihrer alltäglichen Praxis taten, was die Freikirche in ihren Predigten ständig forderte.

Einige kauften nicht nur ein Buch, sondern luden Siegfried auch zu Kaffee und Kuchen ein. Der herzliche Empfang von Ausländern Anfang der sechziger Jahre war sicherlich auf ihre Empathie und Herzlichkeit anderen gegenüber zurückzuführen, hatte vielleicht aber auch etwas damit zu tun, dass die überwiegende Mehrheit der nordschwedischen Dorfbewohner/innen zu jener Zeit kaum einen Ausländer zu Gesichte bekam. Oft staunten einige zumeist weniger gebildete schwedische Landsleute über Siegfrieds Erscheinungsbild und vertraten die Meinung, er gehöre einer ganz anderen Rasse an. Er verkaufte den Wagen voll mit Bü- chern innerhalb von drei Wochen, sodass er nochmals nach Stockholm fahren musste und eine weitere Ladung Bücher in den Wagen packte. Sein Transportmittel und seine Schlafstätte waren das Auto. Er kaufte sich in kleinen Lebensmittelgeschäften etwas zu essen, pflückte in unbewohnten Gegenden diverse Beeren, verrichtete seine Notdurft im Walde und ging in den weitverbreiteten Seen schwimmen. Während seines Aufenthaltes in Nordschweden aß er nie ein warmes Mittagsessen, sondern nur Brot, Brötchen, Wurst, Käse und Gemüse. Ein Essen im Restaurant wäre für ihn zu teuer gewesen. Das größte Problem in den Wäldern Nordschwedens war die

Mückenplage.

Siegfried zog von Dorf zu Dorf und verkaufte die zweite Bücher-Ladung. Das Bücher-Projekt war nichtsdestotrotz ein hartes Stück Arbeit, denn es ging einerseits um ein notwendiges Einfühlungsvermögen und andererseits um die Überwindung von Vorbehalten bei den Käufern – eine ganz andere Form der Arbeit als Federn in der Metallfabrik während der Sommerferien abzuschleifen. Obwohl die schwedische Landbevölkerung nett, freundlich und entgegenkommend war, sahen viele lieber fern statt zu lesen und wenn sie etwas lasen, dann zumeist nur die lokale Zeitung. Es war bei nicht wenigen Leuten eine Menge Überzeugungsarbeit erforderlich. Doch die Arbeit hatte sich gelohnt, denn durch den Verkauf der Bücher schien die Finanzierung des Studiums für mindestens ein Jahr gesichert zu sein.

Kapitel 8.1.2 Aufnahme des Studiums

Freudestrahlend fuhr er von Schweden zu einem Kurzaufenthalt in das Dorf Weiler zurück. Er hatte es geschafft, sein bevorstehendes Studium zu finanzieren, denn seine Mutter war als Hilfsarbeiterin nicht in der Lage, Gelder für das Studium aufzubringen. Er brachte das Auto, das ihm der Freund seines Bruders zur Verfügung gestellt hatte, zu seinem Bruder zurück, blieb eine Nacht in seinem Appartement in Stuttgart und hielt sich danach noch einige Tage bei seiner Mutter auf. Dann packte er seine Koffer - dieses Mal mit einem ganz anderen Gefühl als das letzte Mal, als er gegen seinen Willen und völlig entfremdet und niedergeschlagen zur Bundeswehrkaserne fuhr. Es war sein Entschluss, missionarisch tätig zu sein und er freute sich darauf und war glückselig, denn eine neue, andere und bessere Welt eröffnete sich ihm. Der Abschied fiel diesmal nicht so schwer, denn sowohl seine Mutter als auch er waren von dem bevorstehenden Studium angetan. Mit dem Bus und Zug ging es Ende August Richtung Darmstadt. Die Hochschule lag außerhalb der Stadt im wunderschönen Odenwald. Die Gebäude waren zwar auch, wie zuvor das Gymnasium, die Metallfabrik, die Kaserne architektonisch gesehen rechteckig und gleichförmig und es gab, ebenso wie in der Kaserne nur gemeinsame Wasch- und Duschräume, doch die Hochschule war parkähnlich angelegt, bot im Gegensatz zur Kaserne eine entspannte und erholsame Umgebung. Das naturnahe Gelände lenkte den Blick eher auf die schöne natürliche Grünanlage mit dem sie umgebenden Odenwald als auf die stileinheitlichen, einfältigen Wohn – und Studiengebäude.

Siegfried meldete sich bei der Verwaltung, registrierte sich für das bevorstehende Studienjahr und bekam ein Zimmer zugewiesen. Alle Mitarbeiter/innen waren sehr entgegenkommend und hilfsbereit. Er wurde im Gegensatz zur Bundeswehr als Persönlichkeit wahrgenommen und respektiert. Auch der Umgang mit Kommilitonen war anders als mit den Kameraden der Truppe, die ihre Pflichten widerwillig und entfremdend erfüllten und die auf diesem Boden ihrer Negativität keine so richtige herzliche und innige zwischenmenschliche Beziehung einzugehen in der Lage waren. Bei den Studierenden dagegen war es ihr Wille zu studieren und als freikirchliche Christen ging es auch darum, das Gebot Jesu der Nächstenliebe in ihrem Alltag zu befolgen. Ebenso zeigten die Hochschullehrerinnen den Studierenden gegenüber Zuneigung und Verbundenheit. Die Beziehung war mehr oder weniger eine Ich-Du Beziehung – ganz anders als die Beziehungen, die er bislang erfahren musste, die allesamt auf Ich-Es Verhältnisse hinausliefen, ob es die Beziehungen mit Lehrer/innen auf dem Gymnasium, mit den Betriebsleitern in der Metallfabrik und mit den Offizieren in der Kaserne waren. Das ganze Ambiente war wie ein Traum für ihn.

Siegfried teilte sich ein Zimmer mit einem Kommilitonen, der nach der Mittleren Reife eine Lehre als Handwerker absolvierte, auch zwei Jahre den Beruf ausübte, doch sich dann berufen fühlte, Prediger zu werden und das Evangelium zu verkünden. Dieser Mitbewohner kannte sich im Alten und Neuen Testament sehr gut aus, viel besser als Siegfried. Er konnte Stellen der Bibel auswendig wiedergeben. Seine Lieblingstexte waren Passagen aus der Bergpredigt. Für Politik interessierte er sich nicht; sie war für ihn weltlich und nicht heilig; sie beruhe, so seine Meinung, auf Gier, der die sündige Natur der Menschen zu Grunde läge und habe nichts mit dem Heil der Seele zu tun. Politik sei das Anti-Reich Gottes, das Reich der Unbarmherzigkeit, der Ungerechtigkeit, des Egoismus und der Menschenverachtung. Er dagegen liebte Jesu' Bergpredigt und sein Prinzip der Nächstenliebe. Er wiederholte seine Kritik an der Politik, indem er immer wieder argumen- tierte, es gäbe keine weltliche Politik der Nächstenliebe. Diese könnte erst im neuen Kö- nigreich Gottes verwirklicht werden. Dieser Mitbewohner sprach oft wie seine Mutter, nur etwas durchdachter und ausgeprägter.

Siegfried war froh und glücklich, an den angebotenen Veranstaltungen teilzunehmen, wäre aber noch zufriedengestellter gewesen, hätte die Hochschule Pädagogik und Sozialarbeit angeboten, denn mit diesen mehr praktischen Fächern wäre seine angestrebte missionarische Tätigkeit eher zu verwirklichen gewesen. Er hatte nunmehr auf der Hochschule eine ganz und gar andere Einstellung zum Studium alsdie, welche er während seiner Gymnasialzeit ma- nifestierte. Statt Entfremdung und widerwilli- gem Lernen zeigte er sich nunmehr äußerst mo- tiviert und voll von Lerneifer. Er zeigte gro- ßes Interesse an der historischen Einordnung des Alten und Neuen Testaments, an der Kir- chen- und an der Freikirchengeschichte, an der Bibelauslegung (Exegese), an Systematischer Theologie mit Teildisziplinen wie Gotteslehre, Schöpfungslehre, Christologie und vieles mehr. Außerdem entschied er sich, zwei Jahre Griechisch und ein Jahr Hebräisch als Wahlfächer zu belegen. Fächer, die nicht direkt theologischer Art waren, wie begleitende Seelsorge und Psychologie, wurden von ihm begeistert aufgenommen.

Siegfried las sich extensiv und intensiv in die theologische Literatur ein. Er verbrachte sehr viel Zeit in der Bibliothek, um drängenden Fragen, die er hatte, nachzugehen. Während seines Aufenthaltes auf dem Gymnasium ging er kein einziges Mal zur Bibliothek; er versuchte die an ihn gestellten Anforderungen zu erfüllen, sonst nichts. Nunmehr ging er, getrieben von den vielen Warum-Fragen unaufhörlich zur Bibliothek. „Warum ist die Welt so und nicht anders"? „Warum brechen Kriege aus, wenn Gott die Welt regiert"? „Warum gibt es Gier, Selbstsucht und Aggressionen in der Welt"? „Sind sie in der Tat auf die sündige Menschheit zurückzuführen"? „Gibt es so etwas wie Erbsünde"? „Warum sollte Jesus Gottes Sohn sein und wie ist dies überhaupt möglich, dass Gott irdische Formen angenommen hat"? „Wie kann Jesus durch seinen Tod die Menschheit von ihren Sünden erlösen"? „Wie kann es eine Auferstehung von den Toten geben"? „Inwiefern kann es ein ewiges Leben geben und wie könnte das mit dem durch Raum und Zeit geprägten menschlichen Körper überhaupt möglich sein"? Oder lebt nur der Geist weiter, aber ist es dann immer noch mein ich, das ohne Körper weiterlebt oder gibt mir nicht doch mein Körper Gestalt in der Welt?" Diese Fragen und viele andere beschäftigten ihn fortwährend.

Siegfried befasste sich, wann immer es ihm die Zeit erlaubte, mit kritischer theologischer Literatur, um Antworten auf das ihn Bewegende und Ungeklärte zu finden. Je mehr er las, desto mehr wurden auch die freikirchlichen, ihm von seiner Mutter und der Freikirche eingeprägten Glaubensüberzeugungen, aber auch die von den freikirchlichen Hochschullehrer/innen vertretenen Interpretationen oder Auslegungen befragt. Am Ende des Studienjahres war Siegfried total hin- und hergerissen zwischen seinem früheren Glauben und den neuen literarischen, in der Bibliothek sich angeeigneten Herausforderungen.

Zweifel hegte Siegfried auch nach einiger Zeit an seinem früheren Wunsch, missionarisch tätig zu werden. Nachdem er in der Bibliothek auf Passagen stieß, die die enge Verbindung zwischen Missionaren und der grausamen Kolonialpolitik europäischer Staaten sowie die Zerstörung alter Kulturen und die Entwurzelung der einheimischen Bevölkerung wie auch die im Namen Jesu Christi begangenen Gräueltaten aufzeigten, war er sich nicht mehr so sicher, ob er unter solchen Bedingungen die Rolle eines missionarischen Helfers einnehmen sollte. Z. B. las er ein Buch über die Unterdrückung der Hereros in Namibia, dem früheren Deutsch Südwest Afrika. Dort wurden im Namen Gottes Einheimische gemordet und vergewaltigt. Seine Frage, die er sich stellte, war, ob er als Helfershelfer mit solch abscheulichen imperialen Mächten zusammenarbeiten sollte. Ihm kamen Bedenken, ob er die christliche, oftmals gewaltsame Kultur verbreiten sollte. Er fragte sich, ob sein Zimmerkamerad in der Hinsicht doch Recht hatte, wenn er Politik als weltlich und somit als unbarmherzig und menschenverachtend bezeichnete, was für ihn insbesondere die Kolonialpolitik deutlich zu machen schien. Er räsonierte: „Kann die christliche Kultur wahr, gut und heilig sein, wenn sie eine Allianz mit den Kolonialmächten eingeht"? Andererseits war er sich nicht sicher, ob das Weltliche keine Nächstenliebe manifestieren könne. Zurückblickend auf Schweden musste er sich eingestehen, dass viele nordschwedische Dorfbewohner/innen eine von Jesus geforderte Kultur der Nächstenliebe pflegten, obwohl sie Atheisten waren. Vielleicht ist der Gegensatz zwischen heilig und weltlich, so dachte er sich, doch nicht so absolut, wie sein Zimmerkamerad ihn formulierte. Wahrscheinlich, so ergänzte er seinen Ideenfluss, lässt sich nicht nur im Heiligen, sondern auch im Weltlichen, Jesu Botschaft verwirklichen.

Siegfried ließ sich nach außen nichts über seine innere Zerrissenheit und seinen Zweifeln an der freikirchlichen Glaubenslehre und seiner Unsicherheit, wo er eigentlich stand oder was er wirklich glaubte, anmerken, sprach aus Angst, als Abweichler gebrandmarkt und vielleicht sogar von der Hochschule verwiesen zu werden, nicht mit seinen Kommilitonen darüber, die, so hatte er den Eindruck, allesamt ohne Bedenken an den alten freikirchlichen Wahrheiten festhielten. Immer wieder stellte er sich die Frage, warum die anderen Kommilitonen ohne wenn und aber sich den Glaubenssätzen unterwarfen. Manchmal stellte er ganz vorsichtig eine Frage an den für biblische Exegese zuständigen Hochschullehrer, ohne sich mit der Frage zu identifizieren oder gar Argumente dafür oder dagegen vorzutragen. Dieser wies die von der freikirchlichen Gemeinschaft abweichenden Standpunkte als unwahr, glaubensschädigend und wahrheitsgefährdend zurück. Sein Mitbewohner, an den er manchmal einige seiner kritischen Fragen richtete, war das Gegenteil zu seiner fragenden Natur. Er vertrat den Standpunkt, zu viel zu fragen, verwirre den Geist und führe in das Verderbnis. Er zitierte einen Freund der auch der Freikirche angehörte, dem der Glaube nicht ausreichte, sondern der

alles zu hinterfragen versuchte und die Frage-
rei habe ihn schließlich in solche Verwirrung
gebracht, dass er therapeutische Hilfe in Anspruch nehmen musste. Es sei doch blöd, wenn
man die Wahrheit habe, diese in Frage zu stellen, gab der Zimmerkamerad zu bedenken.

Die kritische Auseinandersetzung mit
der konservativen Theologie hinderte ihn nicht
daran, auch ans Fußballspielen zu denken
undnach Möglichkeiten zu suchen, es an der
Hoch- schule zu praktizieren. Seltsamerweise
gab es einen alten Fußballplatz auf dem
Gelände der Hochschule, aber es schien, als
ob schon seit Jahren nicht mehr darauf
gespielt wurde. Sieg- fried entschied sich,
Kommilitonen anzusprechen und sie davon zu
überzeugen, mit ihm Fuß- ball zu spielen.
Sein Mitbewohner, der erste Ansprechpartner
verneinte sofort. Seine Reak- tion war: „Es
gibt wichtiger Dinge im Leben als
Fußballspielen." Doch nichtsdestotrotz fand
er einige wenige, allerdings nicht so viele,
um zwei Mannschaften zu bilden. Das Kicken
der Missionare war im Vergleich zu dem der
Soldaten wie Tag und Nacht. Doch zumindest
hatte Sieg- fried Freude daran, wieder einmal
mit dem Ball zu spielen.

Das erste Studienjahr endete Mitte
Juni. Bevor Anfang September das zweite Studienjahr begann, wiederholte er die gleiche Arbeit, welche er den Sommer zuvor verrichtete.
Er fuhr nach Schweden, dort Bücher zu verkaufen, um auf diese Weise sein weiteres Studium
an der freikirchlichen Hochschule und möglicherweise darüber hinaus an der von ihm ange-

peilten amerikanischen Uni zu finanzieren. Es lief zwar wieder das Meiste gut für ihn, denn die nordschwedische Bevölkerung war wiederum sehr nett und entgegenkommend, nicht alle, aber doch sehr viele Familien kauften erneut Bücher. Doch auf sich allein gestellt zu sein, im Auto zu essen und zu schlafen, wie ein Vagabund von Dorf zu Dorf zu fahren, ohne eine feste Bleibe zu haben und die Leute fünfzig Mal am Tag zu überzeugen, ein Buch zu kaufen, das sie wahrscheinlich in die Ecke legen und nie lesen werden, war ein hartes Stück Arbeit.

Mit dem Verkauf vieler Bücher war die Finanzierung des Studiums für einige Zeit sichergestellt. Siegfried verbrachte nach seinem Aufenthalt in Schweden noch einige Tage bei seiner Mutter, die sich extra einige Urlaubstage nahm, um mit ihrem Sohn zusammen zu sein und zu hören, was er alles auf der freikirchlichen Hochschule und in Schweden erlebte. Er erzählte ihr, das, was sie hören wollte, ohne in irgendeiner Weise auf seine in den letzten Monaten auftretenden Unstimmigkeiten zwischen der traditionellen Überlieferung, die von seiner Mutter sowie der Freikirche vertreten wurde und dem in der Bibliothek neu angeeigneten Wissen einzugehen. Er trug die Differenz mit sich herum und hielt sich zurück, die Mutter zu informieren, denn er wollte ihre offensichtliche Freude an seinem Studium nicht trüben und darüber hinaus wusste er ja selbst nicht mehr genau, was die Wahrheit war. Seine Mutter hatte den Glauben von ihrer Mutter, wie später Siegfried ihn von ihr übernommen hatte. Nichts konnte den Glauben seiner Mutter und Großmutter erschüttern, nicht Krieg und nicht die schwierige Nachkriegszeit. Er war felsenfest und unerschütterlich in ihnen verankert, aber er dauerte in statischer Form fort, d. h. er war der Gleiche wie vor einem halben Jahrhundert. Er fragte sich: „Warum setzten sich nie mit ihrem Glauben auseinander? Sehr wahrscheinlich nicht, weil sie von ihrer Jugendzeit an davon beseelt waren, im Besitz der Wahrheit zu sein". Der Besitz der absoluten Wahrheit hatte, seiner Einschätzung nach, Dogmatismus, Fanatismus und Intoleranz zur Folge. Siegfried fragte sich immer wieder, ob Wahrheit wirklich so etwas Festes oder Absolutes sein könne oder sein dürfe. Ähnliche Geisteshaltungen stellte er ja auch bei seinem Zimmerkameraden fest. Siegfried fragte sich: „Kann der endliche Mensch über- haupt das absolut Wahre erkennen oder wird das Wahre nicht immer perspektivisch gebrochen wahrgenommen? Ist das Wahre nämlich nichts an- deres als unsere begrenzte Eckenperspektive?"

Ende August/Anfang September begann das zweite Studienjahr. Siegfried belegte Systematische Theologie, Fundamentaltheologie, Dogmatik und wiederum Seelsorge, Psychologie und Griechisch. Wie das Studienjahr zuvor, verbrachte er die meiste freie Zeit in der Bibliothek, um seine Hausarbeiten zu schreiben und sich auf Prüfungen vorzubereiten. Doch sein Hauptinteresse galt der theologiekritischen Literatur. Er verwendete sie zwar auch in seinen Hausarbeiten, aber immer als Kritik an der Kritik, damit kein Hochschullehrer erkennen konnte, dass er nicht gegen das offizielle Glaubensbekenntnis der freikirchlichen Gemeinschaft verstieß. Man mag diese Einstellung als

Feigheit bezeichnen, doch er hatte Angst, dass ein Bruch mit den freikirchlichen Glaubensvorschriften, die er als Glaubenszwang empfand, ihn den Abschluss und damit den ersehnten USA-Aufenthalt kosten könnte. Bei persönlichen Zweifeln an der vorgegebenen Wahrheit hätte Verdacht geschöpft werden können, er sei nicht mehr einer der ihren.

Kapitel 8.1.3 Siegfrieds allmählicher Sinneswandel

Die Erlösung steht im Mittelpunkt der christlichen und ebenso der freikirchlichen Gemeinschaft. Danach hat Gott seinen Sohn in die Welt geschickt, um die seit Adam und Eva der Sünde verfallenen Menschen durch seinen Tod am Kreuz zu erlösen. Je mehr Siegfried darüber in der historisch-kritischen Theologie las, desto mehr setzte er sich mit der tradierten Glaubensvorstellung auseinander. „Vielleicht sind es doch Mythen, die sich im Glaubensbekenntnis der christlichen Lehre niedergeschlagen haben", statierte Siegfried immer wieder. „Ist nicht die Erbsünde ein Mythos?" „ Ist nicht Jesus als Sohn Gottes ein Mythos?" „Ist nicht die Jungfrauengeburt ein Mythos?" „ Ist nicht sein Tod als Sühnung der Sünden ein Mythos?" „ Ist nicht die Auferstehung der Toten ein Mythos?" Fragen und Fragen, die durch seinen Kopf gingen und ihn nicht zur Ruhe kommen ließen. Einmal stolperte er sogar über den Bordstein, weil er sich beim Gehen Gedanken über das Jesusbild machte und nicht auf seine nähere Umgebung achtete. Manchmal dachte er – vielleicht war es die Stimme der Mutter in ihm – die Kritik an der Erlösung wäre teuflischer Natur und er sollte sich nicht darauf einlassen. Doch nach einiger Zeit erschien ihm wiederum das Ganze kritikwürdig. Nichtsdestotrotz war er der Ansicht, dass Jesus als Person herausragend und seine Botschaft einmalig war. Nächstenliebe, soziale Gerechtigkeit, Solidarität, Friedfertigkeit – nicht Kriegsfähigkeit, wie er das in der Bundeswehr erfahren hatte - und viele anderen sozialethischen Werte implizierten für ihn eine Umwertung der vorherrschenden Werte und waren in seiner Perspektive das Fundament für ein neues Reich Gottes auf Erden – was einer Erlösung von Macht, Hass und Krieg gleichkommen würde. Daran hielt er fest.

Für Siegfried war und blieb dieses kritische Denken ein Paralleldenken. Es war äußerst schwierig, dieses durchzuhalten wenn Studierende und Hochschullehrer/innen einheitlich an der Theorie der Erbsünde und der damit verbundenen Erlösungsidee als einem zentralen Bestandteil des freikirchlichen Glaubensbekenntnisses festhielten Er wollte sich einerseits der Zukunft wegen nicht als Andersdenkender outen. Doch zwei gegensätzliche Stimmen kämpften in ihm um die Vorherrschaft, die eine beschwichtigend „Warum sollte das alles nicht wahr sein?" und die andere provokative Stimme „Warum sollte das wahr sein?"

Am problematischsten war es für ihn, wenn er als Teil der praktischen Ausbildung alle drei Monate in einer kleinen freikirchlichen Gemeinde eine Predigt halten musste, denn diese Tätigkeit war ein Bestandteil der praktischen Ausbildung. Die freikirchlichen Gemeindemitglieder in den zumeist kleineren Ortschaften außerhalb Darmstadts waren alle sehr konservativ und hielten ausnahmslos an der traditionellen Erlösungsbotschaft fest. Ein Paralleldenken dort einzubringen, hätte eine Rebellion unter den Mitgliedern der Freikirche ausgelöst. So tat er, was von ihm verlangt wurde. Er predigte solche Teile des Evangeliums, die für ihn nicht widersprüchlich waren. Einmal legte er das Gleichnis vom barmherzigen Samariter aus, ein anders Mal ging er auf das Königreich Gottes auf Erden ein, ein drittes Mal wählte er Armut als Thema. Es schien ihm, als ob einige Gemeindemitglieder aufmerksam seine Predigt verfolgten, während andere ihm einen indifferenten Blick zuwarfen und bei wenigen Gläubigen wirkte Siegfrieds Predigt wie ein Schlafmittel. Er fühlte sich nicht wohl in seiner Haut als Prediger. Den Menschen nach ihrem Mund zu reden, war nicht seine Sache.

Siegfried schaffte schließlich seinen Abschluss. Sein Diplom war ihm viel wert, weil einige amerikanische Universitäten das Abitur und das zweijährige Studium mit Diplomabschluss in Darmstadt als B.A. gleichwertig anerkannten. Das hieß, er konnte damit einen Masterstudiengang in bestimmten freikirchlichen Einrichtungen in den USA aufnehmen.

Kapitel 9

Kapitel 9.1 Leben als Student in den USA

Kapitel 9.1.1 Siegfrieds Vorstellungen von den USA

Siegfried fragte sich, nachdem er mit einem Studium in den USA liebäugelte: „Was ist dasfür eine Welt – dieses als neue Welt bezeichnete Land, das jenseits des Atlantiks liegt"?

„Warum wird es als neue Welt betrachtet, während Europa die alte Welt sein soll? Das „Neue" hatte ihn gereizt und bei ihm großes Interesse erweckt, obwohl er sehr wenig über das Land und seine Leute wusste. Er sammelte sich in der Bibliothek Wissen über die USA. Die zumeist aus Büchern erhaltenen Informationen beinhalteten größtenteils positive Einschätzungen dieses Landes. Es war immer wieder zu lesen, wie jeder Mensch in den USA durch Ideen und harte Arbeit einen hohen Lebensstandard erreichen konnte, er es dort aus eigener Kraft nach oben schaffen oder aufzusteigen vermochte, weil Amerika nicht nur im 19.Jahrhundert, sondern auch zu Beginn des zwanzigsten Jahrhunderts als das Land der unbegrenzten Möglichkeiten galt. Idealismus und Optimismus prägten das Bild der USA. „Aus Lumpen zu Reichtum" oder „Vom Tellerwäscher zum Millionär" waren weitverbreitete Meinungen in den Büchern. Ein Verwandter der Großmutter, von Beruf Bäcker, immigrierte nach dem ersten Weltkrieg in die USA und kam Ende der fünfziger Jahre als Millionär nach

Deutschland zurück. Er baute sich ein wunder-
schönes Haus und lebte als Rentner mit seiner
Frau ein hochwertiges Leben in einem 20 Km vom
Weiler entfernten Dorf. Alle in der Nachbar-
schaft staunten über seine Errungenschaften.
„Amerika macht's möglich" oder „Amerika das
Traumland" waren die einhelligen Reaktionen
seiner Mitmenschen.

Kapitel 9.1.2 Siegfrieds Reise in die USA

Siegfried freute sich über seinen Abschluss
an der Missionshochschule und den damit verbundenen Möglichkeiten, in den USA zu studieren. Um sein Studium dort und den Flug über den
Atlantik finanzieren zu können, musste er
nochmals in Schweden arbeiten, d. h. wieder
Bücher verkaufen, denn seine Mutter als Hilfsarbeiterin, obwohl sie als sparsame Schwäbin
ein wenig Geld auf die hohe Kante legte, wäre
nicht in der Lage gewesen, ihm größere Beträge
zukommen zu lassen. Zum dritten Mal stellte der
Freund seines Bruders ihm einen alten Volkswagen zur Verfügung und der lief erneut ohne jegliche Schwierigkeiten. Wiederum ließen sich
die Bücher in Schweden ganz gut verkaufen, aber
Bücher zu verkaufen war nichtsdestotrotz ein
hartes Stück Arbeit für ihn. Zum einen musste
er Entbehrungen (keine stete Wohnung, kein
Bett, kein warmes Essen, usw.) in Kauf nehmen
und zum anderen musste er sich als Motivati-
onsstifter konstruieren, Bücher an den Mann und
an die Frau zu bringen, für die sie im Grunde
genommen keinen Bedarf hatten. Er fuhr mit dem
Auto von Schweden nach Süddeutschland zurück,

166

blieb eine Nacht bei seinem Bruder, verbrachte noch einige Tage bei seiner Mutter, die sehr froh war, einen Missionar in ihrer Familie zu haben. Sie konnte es nicht verstehen, warum er in die USA zur Weiterbildung wollte, wenn ihm hier doch bereits von der freikirchlichen Gemeinde eine Stelle als Prediger angeboten wurde. So gern hätte sie ihn predigen gehört. Wiederum hielt er seine Zweifel am freikirch- lichen Glaubensbekenntnis zurück, denn er wollte seine Mutter mit seinen Bedenken an ihrer Wahrheit nicht belasten und enttäuschen.

Siegfried kaufte ein sehr preiswertes Ticket von London nach New York, hielt sich noch einige Tage in London auf, um die Stadt und auch seinen jüngeren Bruder, der sein Studium an einem College in London aufnahm, zu sehen. Es war sein erster Flug. Er saß neben einem Geschäftsmann, der, als er zu hören bekam, dass es für Siegfried das erste Mal im Flugzeug war, ihm sofort den Fensterplatz anbot, damit er einen besseren Ausblick genießen konnte. Er war während des Fluges sehr aufgeregt und konnte die verschiedenen Geräusche nicht einordnen und befürchtete bei dem einen oder anderen Geräusch, dass die Maschine abstürzen würde. Dabei machte es allerdings keinen Unterschied aus, ob sein Sitzplatz am Fenster oder am Gang war. Er konnte sein Flugangstgefühl nicht überwinden. Angstgefühle quälten ihn schon seit frühester Kindheit, als Kampfflugzeuge über die Weimarer Siedlung flogen und die Familie durch Russen von ihrem Haus vertrieben wurden, bis hin zu den schulischen Prüfungen und der Gewissensprüfung als Kriegs-

dienstverweigerer durch den Bundeswehraus-
schuss. Angst wurde eine Grundstimmung in seinem Leben und sie kam in besonders brenzligen
Situationen immer wieder auf und er konnte
nichts dagegen tun.

Schließlich erreichte die Maschine
New York. Vom Fenster aus konnte er die Wol-
kenkratzer sehen – ein ungewöhnliches Bild für
ihn als Dorfbewohner. Die Großstadt wirkte vom
Flugzeug aus auf ihn gigantisch, einem Wunder
gleich und er fragte sich, weil er es nicht
fassen konnte, wie viel technologisches Know-
how und welche komplizierten Arbeitsschritte
notwendig waren, um diese monströsen Bauten zu
errichten. New York schien für ihn eine Stadt
des Fortschritts und des Wohlstandes zu sein.
Er konnte als Dorfbewohner einfach nicht begreifen, wie solche ungeheuerliche Wolken-
kratzer gebaut werden konnten. Aus Unwissen-
heit fragte er sich aber auch, wie es sich in
solch einer Großstadt im Vergleich zu seinem
Dorf, dem Weiler, leben lässt. Im Gegensatz
zum Dorf kann, so vermutete er, in einer Mil-
lionenstadt nicht jeder jeden kennen, nicht jeder wissen, was sein Mitmensch macht. Er hatte
mal zu hören bekommen, dass viele Menschen in
einer Großstadt kaum Beziehungen zu ihren Mitmenschen aufnehmen und dass es sein kann, dass
Menschen tagelang in ihrer Wohnung tot liegen
können und keiner darüber Bescheid weiß. So
etwas würde im Weiler nie passieren.

Kapitel 9.1.3 Bus-Reise von New York nach Michigan

Mit dem Flughafenbus fuhr Siegfried vom Flughafen zum Bus-Depot und von dort aus benutzte er den Reisebus von New York Richtung Chicago. Dieser durchquerte die Staaten von New York, Pennsylvania, Ohio und Indiana, bis er schließlich etwa 80 Meilen vor Chicago, in South Bend, Richtung freikirchlicher Universität in Michigan umsteigen musste. Bis dahin waren es nur noch 30 Meilen. Auf dem Weg dorthin hielt der Bus mehrmals an. Leute stiegen ein und aus. Die Fahrgäste im Bus waren zum großen Teil Afro-Amerikaner und sie gehörten, wie die wenigen Weißen im Bus, der Unterschicht an. Diese Art von Transportmittel schien nicht für die Wohlhabenden vorgesehen zu sein.

Ein weißer Fahrgast, der ursprünglich aus dem Süden der USA kam, saß ziemlich lange neben Siegfried. Er war Baptist, sehr engstirnig und fundamentalistisch. Er machte deutlich, dass er der Wissenschaft nicht traue und die Evolutionstheorie ablehne. Gott habe den Menschen geschaffen und er habe sich nicht aus dem Affen weiterentwickelt. Allerdings schränkte er seine Ausführungen in der Weise ein, dass wenn er davon ausgehe, Gott habe die Menschen geschaffen, er die weiße und nicht die schwarze Rasse meine. Er und seine Kirchenleute seien der Meinung, dass der Schwarze vom Affen abstamme und nur der weiße Mann von Gott geschaffen worden sei. Er konnte es nicht verstehen, warum der neben ihm sitzende Christ die schwarze Rasse so abwertete. Vielleicht fehlten ihm die geschichtlichen Kenntnisse, um

nachvollziehen zu können, warum der Weiße gott-
ähnlich und der Schwarze affenähnlich sein
sollte.

Als der Bus durch diverse Städte
fuhr, sah Siegfried armselige Holzhütten. Auf
der Terrasse saßen die schwarzen Bewohner/in-
nen auf Stühlen und unterhielten sich. Es war
ein schrecklicher Anblick für Siegfried, diese
bedauernswerten Bewohner in ihre schäbigen
Hütten zu sehen, wo er doch aus Büchern und den
Berichten der aus Amerika zurückgekehrten
Deutschen die Vorstellung entwickelte, dass
jeder in den USA einen hohen Lebensstandard
erreichen könne. Durch den Anblick der Hütten
bekam seine Vorstellung, dass es in den USA
jeder Mensch schaffen könne, aus eigener Kraft
aufzusteigen und am Wohlstand teilzunehmen,
eine Delle. Er fragte seinen Mitreisenden: „Warum leben diese Schwarzen in Hütten und nicht
in ordentlichen Häusern? Warum gibt es in diesem reichen Lande Armut?" Dieser erklärte ihm
die Situation schlicht und einfach so, dass
diese Hüttenbewohner faul wären und nicht arbeiten wollten. Sie seien selbst schuld an ihrer Misere, denn jeder bestimme sein Lebens-
schicksal selbst.

Bei seiner Busfahrt durch die Städte
staunte er über die Vielfalt der Kirchen in den
USA. Neben den in Deutschland dominanten evangelischen und katholischen Kirchen und den wenigen als Sekten bezeichneten Freikirchen,
herrschte in den USA eine Vielfalt von unterschiedlichen Kirchen vor. Auf einer nur kurzen
Strecke einer Hauptstraße zählte er sechs ver-
schiedene Kirchen. Welch ein Unterschied zu

Deutschland! Er dachte sich, dass Amerika von
der bislang begrenzten Wahrnehmung aus dem Bus
heraus ein wirklich religiöses Land sein müsse,
wenn es an den vielen Kirchen und Denominatio-
nen gemessen werden sollte. Andererseits ging
ihm ein Gedanke nicht aus dem Kopf: „Wenn dieses Land wirklich so christlich sein sollte,
wie die vielen Kirchen dies vorgeben, warum
wird die schwarze Bevölkerung von Christen diskriminiert – als affenähnlich betrachtet - und
warum leben einige von ihnen in diesem Lande
in armseligen Hütten?" Weiter dachte er
sich:
„Die Kirchen und die Botschaft Jesu scheinen
in den USA doch eindeutig auseinander zu trif-
ten".

Kapitel 9.1.4 Siegfrieds Studium an einer freikirchlichen amerikanischen Universität in Michigan

Nachdem er an der freikirchlichen Universität angekommen war, ging er zum Verwaltungsge-
bäude, schrieb sich für das Herbst-Semester
ein, bezahlte die anfälligen Gebühren und bekam
eine Wohnung am Rande der Universität zugewiesen. Der Wohnblock war ziemlich neu. Er wohnte
auf der obersten Etage. Ein Appartement bestand
aus fünf möblierten Einzelzimmern und einer gemeinsamen Küche sowie einem gemeinsamen Bad.
Es wohnten keine Amerikaner auf dieser Etage,
sondern die Mitbewohner waren Ausländer aus
Asien, Afrika, Südamerika und Europa. Sie waren
allesamt Mitglieder der Freikirche.

Zu Beginn der Lehrveranstaltungen

hatte Siegfried noch Schwierigkeiten, einige, schnell und teilweise nicht sehr deutlich sprechende Professoren zu verstehen. Er bat seine Kommilitonen, die Notizen einsehen zu dürfen, die er dann abschrieb. Er kritisierte die damaligen gymnasialen Fremdsprachenlehrer, die zu viel Wert auf Übersetzungen und weniger auf die Sprache als Kommunikationsmittel legten. Er kritisierte aber auch sich selbst, so wenig Zeit in der Schule für Sprachen investiert zu haben, aber als Heranwachsender auf dem Dorf und als Aufwachsender in einer armen Arbeiterfamilie, sah er einfach auf dem Gymnasium keinen Nutzen für Sprachen. Er hätte es damals nicht für möglich gehalten, in den USA zu studieren. Weniger Schwierigkeiten hatte er, Bücher oder Zeitschriftenartikel auf Englisch zu lesen. Nach einem Monat brauchte er die Hilfe anderer nur noch selten.

Siegfried studierte an der Universität in der „School of Education". Am liebsten hätte er Philosophie belegt, doch dieses Fach gab es in ihrer Reinform dort nicht, sondern nur als angewandte Philosophie in „Educational Theory" und „Philosophy of Education". Er belegte weitere Fächer wie „Educational Psychology" , Religious Education" , „Counseling" u. a. Doch in keiner der Veranstaltungen zeigte er so viel Motivation wie in den philosophischen und psychologischen Fächern. Es war vor allem der Existenzialismus, der ihn faszinierte. Die psychologische und philosophische existenzialistische These, der Mensch sei frei, sein Leben selbst zu gestalten oder sich frei in die Zukunft zu entwerfen, imponierte ihm. Bislang waren es immer die anderen, die sein Leben bestimmten – seine Mutter in der Familie, die Lehrer/innen in der Schule, die Betriebsleiter in der Fabrik, die Offiziere bei der Bundeswehr. Er war die meiste Zeit seines Lebens ein Unterworfener, indem andere ihm auferlegten, was er zu tun hatte. Von Selbstregulierung konnte bei ihm in seinem bisherigen Leben nicht die Rede sein. Er wollte nunmehr auch nicht länger ein Untergebener der Freikirche sein, was dazu führte, freikirchliche Glaubensbekenntnisse auf Grund der existenzialistischen Anregungen erneut zu überdenken. Die bereits auf der theologischen Hochschule in Deutschland begonnene Auseinandersetzung mit der vom Christentum konstruierten Lehre der Erlösung wurde intensiv fortgesetzt. Fragen stellten sich ihm wie: „Ist Jesus der Sohn Gottes? Ist Jesus auferstanden von den Toten? Sind wir alle Sünder, indem wir fleischlich unter der Sünde stehen und nur durch den Tod Jesu am Kreuz erlöst werden können? Werden wir durch Jesu Erlösung das ewige Leben erlangen?" Diese Fragen durchkreuzten sein Bewusstsein und immer mehr kamen bei ihm Zweifel auf, ob die christliche Botschaft die Wahre sei. Er entwickelte ein leidenschaftliches Interesse für die existenzialistische Philoso- phie/ Psychologie. Vor allem war er entzückt von der These, dass sich jeder Mensch durch Frei- heit auszeichnet und er nicht nur Freiheit hat, sondern er Freiheit ist. Die vom Christentum vertretene Lehre der Erbsünde passte Siegfried zufolge einfach nicht länger in sein neues Men- schenverständnis. Dass im menschlichen Flei- sche nichts Gutes wohnen soll oder dass das Gute, das der Mensch tun will, auf Grund der

Sünde nicht tun kann, war für ihn nunmehr nicht mehr akzeptabel. Der Mensch war nach Siegfrieds existenzialistisch geprägter Vorstellung frei, das Gute zu tun und nicht in seinem Handeln durch die Sünde prädestiniert. Jeder Mensch kann sich vom Bösen selbst loslösen, indem er sich durch eigene Umwertungen auf das Gute hin orientiert, war nunmehr seine alternative Vorstellung vom Menschen.

Einerseits war Siegfried sehr glücklich darüber, philosophische Weisheiten in seinem Studium bzw. für seinen Lebensalltag gefunden zu haben, doch durch seine materielle Lage war er andererseits gezwungen, neben dem Studium zu arbeiten, damit er es finanzieren konnte. Er hatte zwar Gelder von Schweden angesammelt, die reichten jedoch nicht längerfristig, denn er wollte ja nach seinem Studium in Michigan mindestens zwei Jahre bis zur Promotion an einer anderen amerikanischen Universität weiterstudieren. So arbeitete er fünf Tage in der Woche von 18.00 – 22.00 Uhr in einer in die Universität integrierten Holzfabrik. Dort wurde vor jedem Schichtwechsel zunächst einmal gebetet, ebenso wie am Morgen vor den Lehrveranstaltungen gebetet wurde. Selbst bei politischen Veranstaltungen wurde gebetet.

Siegfried litt darunter, dass er aus armseligen Verhältnissen kam und er sich nicht intensiver mit seinem Studium befassen konnte. Andere Studierende hatten es einfacher, denn nicht wenige seiner Kommilitonen bekamen ein Stipendium oder sie hatten reiche Eltern, die ihr Studium finanzierten. Es störte ihn, dass es einerseits Reiche gab, die ihren Söhnen und

Töchtern das Studium finanzierten und andererseits Arme, wie seine Mutter, die dazu nicht in der Lage waren und somit war er neben seinem Studium zur entfremdeten und anstrengenden Arbeit gezwungen.

Siegfried stand um 6.00 Uhr morgens auf, wusch sich, frühstückte eine Kleinigkeit, bereitete sich nochmals, wie am Abend zuvor, auf den Unterricht, vor, bewegte sich schließlich in Richtung Hörsaal, um rechtzeitig an den Lehrveranstaltungen teilzunehmen, besuchte zwischen den Lehrveranstaltungen die Bücherei, ging am Abend zur Holzfabrik und nach dem Ende seiner Arbeitstätigkeiten um 22.00 Uhr konzentrierte er sich bis Mitternacht auf den Lehrstoff. Manchmal war er so übermüdet, dass er mit sich selbst im Veranstaltungsraum kämpfen musste, nicht einzuschlafen.

Siegfried war so fasziniert vom existenzialistischen Denken, sodass er sich entschied, auch seine Magisterarbeit darüber zu schreiben. Da die Arbeit in der „School of Education" geschrieben wurde, musste er zusätzlich zur philosophischen Theorie auf die Anwendungsmöglichkeiten im pädagogischen Bereich eingehen. Er suchte einiges Material darüber in der Bibliothek zusammen und brachte seine eigenen anti-existenzialistischen Erziehungserfahrungen im Elternhaus und in der Schule mit ein und wie die Erziehung, dem existenzialistischen Denken zufolge, hätte anders gestaltet werden können. Sein Professor war angetan von seinem existenzialistischen Diskurs und seiner Fähigkeit, diese Philosophie im Alltagsbereich anzuwenden. Der Einwand des Professors war lediglich, dass er nicht auf die freikirchliche Kritik am Existenzialismus einging, denn schließlich studiere er an einer christlichen Einrichtung. Die christliche Kritik an der existenzialistischen Philosophie suchte er sich in der Bibliothek zusammen, aber er konnte auch bei der Kritik an atheistischen Geisteshaltungen sowohl auf die von ihm besuchten Freikirche in Baden-Württemberg und auf seine Ausbildung an der Missionshochschule in Darmstadt zurückgreifen. Ebenso konnte er bei der Kritik seinen eigenen Lebenslauf und seine persönliche Transformation mit einfließen lassen. Sein Problem war der Mangel an Schreibmaschinenkenntnissen, sodass er seine Magisterarbeit tippen lassen musste, was wiederum Geld in Anspruch nahm. Bei Hausarbeiten drückten die meisten Professoren zu der damaligen Zeit ein Auge zu und akzeptierten gut leserliche, handgeschriebene Manuskripte.

Siegfried war ständig unter Zeitdruck, sodass er Freundschaften eingehen, aber nicht ausbauen konnte. Studieren, zumal er sich selbst unter Zeitdruck setzte, den Magister in einem Jahr zu erwerben und er außerdem noch arbeiten musste, waren anstrengende Tätigkeiten. An einigen Tagen hatte er rasende Kopfschmerzen, die er mit Aspirin-Tabletten behandelte. Obwohl auch hin und wieder sehr gut aussehende junge Frauen die von ihm gewählten Veranstaltungen besuchten, sprach er mit der einen oder anderen, doch er hatte keine Zeit, engere Verbindungen mit ihnen einzugehen. Einmal als er gegen Mittag in die Cafeteria ging, sah er eine Kommilitonin beim Essen. Er setzte sich zu ihr. Die beiden führten ein interessantes Gespräch. Sie war sehr intelligent und ebenso kritisch wie er, doch am Ende teilte sie ihm mit, dass sie bereits seit einem Jahr verheiratet sei.

Was er am meisten in den USA vermisste, war das Fußballspielen. Die Universität hatte zwar eine Baseball-, eine Basket- und eine amerikanische Football-Mannschaft, doch alle drei Sportarten interessierten ihn nicht. Der amerikanische Football war ganz anders als der deutsche Fußball. Er wurde mit den Händen gespielt. Er litt unter gewissen Entzugserscheinungen, von der Welt des Fußballs abgeschnitten worden zu sein. Einmal sah er einen Ball eines Kindes am Wegrand liegen. Er schaute sich um, niemand war jedoch in der Nähe zu sehen; er konnte diesem Ball, auch selbst wenn es nur ein gewöhnlicher Ball und kein Fußball war, nicht widerstehen und er nahm ihn mit auf sein Appartement und spielte damit auf seinem Zimmer. Später entdeckte er einen Basketball-Platz in der Nähe seines Wohnblockes und wenn immer seine wenige Zeit es ihm erlaubte, tanzte er dort mit dem Ball nach Herzenslust, zeigte kreative Tricks mit ihm und zauberte ihn mit dem Fuß in den Basketball-Korb. Die Passanten amüsierten sich dabei. Das hatten sie noch nie gesehen.

Kapitel 9.1.5 Studium an einer staatlichen Universität in Kansas

Anfang August schloss Siegfried sein Studium an der freikirchlichen Universität mit dem Magistertitel ab. Er bewarb sich schon vor mehreren Monaten an einer anderen amerikanischen staatlichen Universität, um sein Studium dort fortzusetzen und den Doktortitel zu erwerben. Für ihn war entscheidend, eine preiswerte, aber ebenso verhältnismäßige gute Ausbildungsstätte zu finden. Er entschied sich für eine Universität im mittleren Westen, Kansas, ungefähr 500 Meilen vom westlichen Teil Michigans entfernt. Von Kansas City zur der von ihm gewählten Universität war es nur noch eine kurze Strecke. Er kam dort an, durfte eine Nacht umsonst im „Dormitory" schlafen, weil die übrigen Studenten erst einige Tage später kamen. Er baute auf seinem vorherigen Studium auf, indem er Erziehungswissenschaften und Philosophie weiter studierte. Ihm wurden von der Studentenverwaltung mehrere Wohnmöglichkeiten angeboten. Eine Einzimmerwohnung war um einiges teurer als eine Zweitzimmerwohnung. Aus Geldmangel entschied er sich für die letztere. Zur gleichen Zeit suchte auch ein Student aus Vietnam eine Zweizimmerwohnung. Dieser sprach ihn an, ob er nicht mit ihm das Zimmer teilen wolle. Obwohl er ihn und seine Gepflogenheiten nicht kannte, willigte er ein und beide schauten sich zusammen eine Wohnung am Rande der Universität an. Das ältere Haus gehörte den Baptisten und es hatte mehrere Zimmer auf zwei Stockwerken verteilt, eine gemeinsame Küche und zwei Toiletten und Duschen. Sie entschieden sich für die geräumige Wohnung, die möbliert war und sogar einen Fernseher hatte. Sie richteten sich allmählich dort ein und unterhielten sich sehr häufig über Vietnam. Der Mitbewohner kam aus Südvietnam und gehörte der von den USA unterstützten südvietnamesischen Regierung an, die gegen die Kommunisten Nordvietnams kämpften. Er war jedoch durch seine ständige Kritik an der Regierungspolitik in Ungnade gefallen und die südvietnamesischen Regierungspolitiker schickten ihn für zwei Jahre in die USA und meinten mit dieser Entscheidung, einen Querulanten loszuwerden. Sie waren der Meinung, dass er in den USA geläutert und umgebildet werden könne. Seine von den Regierenden in Südvietnam erhoffte politische Transformation fand jedoch nicht statt. Im Gegenteil er wurde immer kritischer und liebäugelte sogar mit den kommunistischen und vor allem nationalistischen Ideen Nordvietnams. Siegfried, der bis dahin wenig Interesse an Politik zeigte und zumeist das unterstützte, was die Machtsysteme als Wahrheit ausgaben – in diesem Sinne den gerechtfertigten Kampf der Amerikaner gegen den Kommunismus in Südvietnam – wurde nunmehr von seinem Mitbewohner dazu gebracht, sich für Politik zu interessieren und kritikfähiger gegenüber den herrschenden Politik zu werden. Außerdem erweckte er in ihm ein Verlangen, mehr über den Marxismus in Erfahrung zu bringen, nachdem er seit der Vertreibung aus der Siedlung durch die Russen und deren Besetzung Weimars sehr skeptisch gegenüber der Sowjetunion und ihrer kommunistischen Ideologie war. Sein

Zimmerkamerad betonte jedoch immer wieder, dass der dortige Staatskommunismus nicht dem wahren Marxismus entspreche.

Trotz seiner politischen und sozialen Kritikfähigkeit war er in seiner Sprache durch den Krieg stark militärisch geprägt worden, was sich insbesondere auch in seinen Diskursen über sexuelle Beziehungen manifestierte. Während die Arbeiter in der Metallfabrik Sex als mechanisch wahrnahmen, benutzte der Vietnamese dafür kriegerische Begriffe. So bezeichnete er das männliche Glied als eine Waffe, das weibliche Geschlechtsorgan als Zielscheibe, den Samenerguss als Schießen und die Erektion als geladene Waffe.

Das Herbstsemester begann Ende August. Er wählte sich einen beratenden Professor aus, der seinen Bereich abdeckte. Dieser war sehr qualifiziert, hatte eine angenehme Persönlichkeit, war sehr umgänglich, scherzte auch hin und wieder und war im Gegensatz zu den Lehrern und Hochschullehrer/innen in Siegfrieds Vergangenheit nicht autoritär. Er war ein lupenreiner Demokrat und vertrat die pragmatische Theorie und Praxis des Philosophen John Dewey. Demokratie war für ihn nicht nur eine Regierungsform, sondern eine bestimmte Art und Weise, wie Menschen miteinander umgehen. Seine Veranstaltungen waren für Siegfried sehr lehrreich, unterhaltsam, spannend und hatten immer einen Praxisbezug. Der Professor war darauf ausgerichtet, Interaktionen zwischen ihm und den Student/innen und bei den Kommilitonen untereinander herzustellen. Für

ihn waren fremdgesteuerte und Entfremdung her-
vorrufende Lernprozesse, die Siegfried zuhauf
in den neun Jahren auf dem Gymnasium erfuhr,
undemokratisch. Fremdgesteuerte Lernprozesse
beruhten nach Ansicht des Professors auf einem
absoluten Wahrheitsanspruch, mit dem Siegfried
bei seiner Mutter, der Freikirche wie auch an
der Missionshochschule konfrontiert wurde. In
einem demokratischen sozialen Umfeld sollte
jeder Mensch - so der Hochschullehrer - sich
mit den gegebenen Bedingungen auseinander setzen. Er sollte dazu ermutigt werden, alles zu
befragen und, wenn nötig, zu hinterfragen.
Diese skeptische Haltung sei, so der Professor,
ein Kennzeichen eines gebildeten Menschen und
ein unverzichtbarer Bestandteil der Demokratie. Er ermutigte die Student/innen, „inqui-
sitive minds" zu entwickeln. Sie sollten stetig
Fragen in ihrem Leben stellen, insbesondere die
Art von Fragen, die Siegfried in seinem Leben
immer wieder stellte: „Warum ist etwas so und
nicht anders"?

Auch in Fragen der Religion regte der
auf Dewey aufbauende Professor Siegfried an,
seine ihm oktroyierten Überzeugungen zu hinterfragen. Religion – so Dewey - sei institu-
tionell verankert, bestehe aus unumstößlichen
Dogmen und Ritualen, die dem Gläubigen aufer-
legen würde, was er zu glauben habe und was
eine Irrlehre sei. Dewey plädierte dagegen für
authentische existenzielle und humanistische
religiöse Geisteshaltungen, die, wie Jesus,
Verständnis, Solidarität und Nächstenliebe in
ihrem Leben wertschätzten. Gott wurde Dewey zufolge nicht länger als Person, die auf dem

Thron sitzt und die Welt regiert, wahrgenommen, sondern als schöpferische Kraft, die in der Welt und in jedem Menschen wirken kann. Gott war für ihn – so seine Überzeugung – das Ideal menschlichen Denkens und Handelns. Er wirke ihm entsprechend in der unendlichen Kraft der Liebe und des Lebens; er verkörpere die unendlichen Möglichkeiten und der Mensch werde durch seine Teilnahme an der unendlichen Kraft im Kosmos zu neuen Handlungen vom Realen zum Idealen bewegt. Die zwischenmenschliche Bindung – so seine positive Einschätzung – schaffe eine Gemeinschaft und in ihr werde das Ideal eines höheren Lebens zelebriert. Aus der Wahrnehmung des Idealen heraus – das war sein Optimismus – könne eine neue Welt sprießen bzw. sich eine neue Zukunft für die Menschen eröffnen. Siegfried verglich diese optimistische Sichtweise mit der von Grund auf pessimistischen Auffassung der Freikirche, der Mutter und der Missionshochschule, die den Menschen als Sünder abwerteten und ihm keine Chance oder Möglichkeit einräumten, aus eigenem Vermögen heraus ein gemeinschaftlich höheres Leben zu realisieren.

Die meisten von ihm belegten Veranstaltungen machten ihm Spaß und er erzielte immer gute bis sehr gute Leistungen. Er schrieb seiner Mutter alle zwei Wochen einen Brief, um ihr sein Befinden mitzuteilen, denn sie wollte ja wissen, ob er sich fern der Heimat wohl fühlen konnte. Religion, Philosophie und Politik waren nie Teil seiner Kommunikation, denn sein Sinneswandel hätte tiefe Beunruhigung bei ihr auslösen können und Vermutungen aufkommen lassen, dass er vom richtigen Weg abgekommen sei. Einmal schrieb er ihr, dass er an einem Wochenende von den Eltern eines Studienfreundes eingeladen wurde und er eine wunderschöne Zeit hatte. Am Rande bemerkte er dann noch, dass die Mutter seines Studienfreundes „Palm-Reader" sei und sie auch seine Zukunft vorausgesagt habe. Danach werde er sehr lange leben. Er betrachtete das alles als Spaß. Siegfrieds Mutter war jedoch entsetzt über diesen Besuch und ermahnte ihn brieflich, nie wieder dorthin zu gehen, denn ein Horoskop zu erstellen, sei das Werk des Teufels. Sogar aus der Ferne erteilte sie ihm Befehle, was er zu tun und zu lassen habe.

Von den USA nach Deutschland zu telefonieren war Mitte der sechziger Jahre sehr teuer und kam für ihn, der ständig auf jeden Cent schauen musste, einfach nicht in Frage. Außerdem hatte seine Mutter keinen Telefonanschluss und er hätte das Postamt anrufen müssen und ein Bediensteter hätte seine Mutter zum Postamt begleiten müssen. Zu umständlich und zu aufwendig! Die räumliche Distanz zu seiner Mutter machte ihn zusehends unabhängig; er musste auf eigenen Füßen stehen und das tat er auch, wenngleich die finanzielle Situation zunehmend prekärer wurde. Er bemühte sich sehr, aus finanziellen Gründen das Studium so schnell wie möglich abzuschließen. Er belegte die Höchstzahl an Veranstaltungen während der jeweiligen Semester und zwischen den Semestern vereinbarte er jeweils einen „Reading Course" mit seinem beratenden Professor.

Kapitel 9.1.6 Siegfrieds finanzielle Schwierigkeiten

Siegfried beschloss, sich für die schriftlichen und mündlichen Prüfungen am Ende des Frühjahrssemester anzumelden und danach einen Antrag mit dem genau formulierten Thema für seine Dissertation zu stellen. Er wollte Ende Juli seinen Abschluss machen und einen Monat danach unterrichten und Geld verdienen. Er fand auch ein College im Süden der USA, die einen Philosophen einstellen wollten. Nach einem Interview wurde die Stelle für ihn unter der Bedingung vorgesehen, dass ihm der Doktortitel verliehen würde. Bis dahin musste er noch einige finanzielle Hürden überwinden. Er bemühte sich, Stipendien und Darlehen zu bekommen. Er erhielt zwar ein Stipendium vom Rotary Club, doch das war nicht sehr ergiebig. Er gab auch Jugendlichen, die sich für die deutsche Sprache interessierten, Privatunterricht, was jedoch nicht zu viel Geld einbrachte. Die Universität erklärte sich erst zu einem Darlehen, quasi einem Überbrückungsdarlehen für ihn als Ausländer, bereit, nachdem er nachweisen konnte, dass er Ende August eine Stelle an einem College in den USA antreten und die begrenzte Darlehenssumme zurückzahlen konnte. All das Geld reichte immer noch nicht aus, sodass er seinen älteren Bruder, der eine gute Stelle als Versicherungskaufmann hatte, anschrieb, ihm vorübergehend Geld zu leihen.

Er freute sich über das Studium, das ihm neue Erkenntnisse vermittelte, er litt aber unter den finanziellen Schwierigkeiten. Immer

wieder räsonierte er darüber, warum die Welt
so ist, wie sie ist, in welcher das Leben der
Student/innen die reiche Eltern hatten, so sor-
genfrei, unbeschwert und angenehm ablief, denn
sie bekamen nicht nur das Studium finanziert,
sondern hatten auch andere Privilegien, wie
Reisen innerhalb und außerhalb der USA, Essen
in Restaurants, sie konnten sich sogar einen
Mustang oder gar Mercedes kaufen, usw., während
er in armselige Verhältnisse hineingeworfen
wurde und sich in einem ständigen Kampf befand,
die Finanzierung seines Studiums sicherzustel-
len. Diese finanziellen Probleme beeinträch-
tigten auch manchmal seine Konzentrationsfä-
higkeit, denn bei ihm kamen hin und wieder
Zweifel auf, ob er das Studium unter diesen
widrigen Bedingungen schaffen werde. Doch immer wieder konterte eine Stimme in seinem Innern: „Ich werde es schaffen".
Siegfrieds Mitbewohner, der marxistisch ausgerichtet war, sprach von der sozialen Ungerechtigkeit im Kapitalismus. Siegfried hatte sich
zuvor noch nie mit dem Marxismus beschäftigt,
aber diese soziale Ungerechtigkeit schien sich
auch an den Universitäten zu manifestieren.
Siegfrieds Mitbewohner klärte ihn immer wieder
mithilfe anschaulicher Beispiele über die so-
zio-ökonomische Ungerechtigkeit im Kapitalismus auf. Er berichtete einmal, wie er diese
Ungleichheiten bei einer Fahrt in den Süden der
USA mitbekommen habe, als er von einem Studienfreund zu dessen Eltern eingeladen wurde. Die
Familie - so der Zimmerkamerad - besaß ein wunderschönes Haus mit einer eleganten Einrichtung und der Vater finanzierte seinem Sohn das

Studium. Als sie am nächsten Tag durch die Stadt im Süden fuhren, kamen sie an einem Elendsviertel vorbei. In dieser Stadt, so argumentierte sein Mitbewohner, wurde ihm der Gegensatz im Kapitalismus zwischen reich und arm klar vor Augen geführt.

Sein Zimmerkamerad, dem Siegfried Teile seiner Lebensgeschichte während seines Zusammenseins erzählte, stufte ihn in die untere Klasse ein, denn er habe, ebenso wie seine Mutter, nichts als seine Arbeitskraft zu verkaufen und nur mit derselben könne er sein Studium finanzieren. Er könne zwar in die Mittelschicht aufsteigen, doch das sei nur mit außergewöhnlicher Leistung möglich, während es für die Angehörigen der Mittelschicht und Oberschicht alles viel einfacher sei. Im Grunde genommen gab er seinem Zimmerkameraden Recht. Sein ganzes Leben bis zu seinen Universitätsabschluss war mit Arbeit verbunden, Er musste für seine Mutter im Weiler Waren ausliefern, während der Sommerferien in einer Metallfabrik arbeiten, musste während der semesterfreien Zeit Bücher verkaufen, war gezwungen während seines Studiums in einer Holzfabrik Geld zu verdienen. Die Arbeit war nur Mittel zum Zweck und zumeist entfremdend und glücklos, aber er musste sie verrichten, um studieren und leben zu können.

Kapitel 9.1.7 Siegfriedsgeistige Stärke und körperliche Schwäche

Siegfried schrieb seine Dissertation innerhalb von drei Monaten. Immer wieder legte er ein Kapitel seiner Arbeit seinem Doktorvater vor. Dieser Professor war etwas ganz besonderes; er akzeptierte handgeschriebene Seiten, welche einige Professoren in den sechziger Jahren bereits nicht mehr annahmen. Er stand morgens um 5 Uhr auf und schlug nicht nur inhaltliche Verbesserungen vor, vielmehr verbesserte er auch einiges grammatikalisch. Da die Kosten, seine Dissertation tippen zu lassen, sehr hoch waren und er gezwungen war, überall, wo nur möglich, einzusparen, schaute und hörte er sich nach günstigen Schreibarbeiter/innen um. Er sprach Student/innen und Verwaltungsangestellte der Uni an, doch die Preise unterschieden sich kaum. Schließlich diskutierte er mit seinen Mitbewohnern im Wohngebäude diese Angelegenheit und siehe da ein Kommilitone aus Südkorea, der dort einige Jahre lang in einem Schreibbüro tätig war und exzellente Schreibmaschinen-Kenntnisse hatte, erklärte sich für relativ wenig Geld bereit, die Arbeit zu tippen. Er wollte seinem Mitbewohner entgegenkommen, weil er sah, dass er finanziell nicht so gut da stand.

Auf Grund der Geldsorgen musste Siegfried seinen Gürtel immer enger schnallen. Oft saß er in der Bibliothek mit leerem Magen. Die Situation erinnerte ihn an die Nachkriegszeit, wo er oft hungrig war, weil die Nahrungsmittel rar waren. Hier dagegen gab es sie in Hülle und

Fülle; nur brauchte man dazu das nötige Geld, das er nicht hatte. Im Weiler sorgte seine Mutter dafür, dass er einigermaßen gut ernährt wurde. Bei der Bundeswehr gab es ein kostenloses Essen in der Kantine und in Darmstadt sorgte die freikirchliche Hochschule für ein gutes Essen, das im Semesterpreis inbegriffen war. In den USA war das Essen nicht Teil der Studiengebühren und so war er auf sich allein gestellt und zurückgeworfen, sich selbst zu versorgen. Er aß relativ wenig und kaufte die wenigen Nahrungsmittel, die er verzehrte, in einem Discount-Laden, der ungefähr 1 Km von seinem Wohngebäude entfernt war, ein. Zumeist suchte er sich Suppendosen, Brot, Jogurts, Wasserflaschen aus. Gemüse und Früchte, die er zuvor im Weiler reichlich aß, waren für ihn zu teuer. Einmal sah er den Manager des Ladens und er sprach ihn an und bei diesem Gespräch erwähnte er unter anderem, dass er aus Deutschland stamme und an der Universität seinen Doktortitel mache und er sich in einem ständigen finanziellen Kampf befinde und nicht das kaufen könne, was er gern möchte. Der Manager freute sich, jemanden aus Deutschland zu treffen, denn er selbst war zwei Jahre in der Nähe von Bremen in der amerikanischen Armee stationiert. Das sei für ihn eine herrliche Zeit gewesen, berichtete er. Er habe noch die alte Stadt in Erinnerung, die, so habe er gehört, tausend Jahre alt sein solle. So etwas gäbe es hier in den USA nicht. Siegfried fragte ihn bei dieser Gelegenheit, ob er es ihm erlauben würde, die Früchte, die er nicht mehr verkaufen könne und die sonst im Abfall landen würden, mitzunehmen. „Selbstverständlich" meinte der Manager. „Ja, es wird eine Menge Ware weggeworfen. Wenn sie nicht mehr im besten Zustand ist, kaufen die Kunden sie nicht mehr." Er werde einen Karton mit nicht mehr verkaufbaren Waren zur Seite stellen und Siegfried könne sie dann kostenlos abholen. Siegfried bedankte sich im Voraus für seine außerordentlichen Bemühungen.

Bei seltenen Gelegenheiten und günstigen Angeboten hat er auch schon mal in der Cafeteria gegessen. Er war in seinem ganzen Leben noch nie ein Gast in einem Restaurant, während Kommilitonen oft darüber berichteten, dass sie in diesem oder jenen Restaurant aßen. Viele Studenten schwärmten von chinesischen Restaurants. Zweifelsohne hätte er auch gern einmal dort gegessen, doch er brauchte sein weniges Geld für lebensnotwendigere Dinge Er kaufte auch keine Kleidungsstücke während seiner Studienjahre, mit Ausnahme von zwei Turn- oder Laufschuhen, die für ihn unentbehrlich waren, weil er alle Wege sowohl zu seinen Veranstaltungen an der Universität als auch zum Kaufladen zu Fuß zurücklegte. Er hatte während seines dreijährigen Aufenthaltes stark abgenommen, was er feststellte, als er beim Medical Center der Universität auf die Waage stieg. Sein Gewicht am Ende seines Studiums verriet, wie sehr er abgenommen hatte. Er wog kurz vor seinem Abflug in die USA 75 kg und beim Abschluss seiner Ausbildung in den USA nur noch 55 kg. Er war stark abgemagert und eingefallen. Keinem seiner Mitbewohner oder auch Studienfreunden in den USA fiel das auf, denn sie waren allesamt schlank und legten keinen großen Wert auf ihr Gewicht. Allerdings wäre der Gewichtsverlust seiner Mutter und insbesondere den Bewohner/innen im Weiler sofort aufgefallen, denn sie beobachteten jegliche körperliche Veränderung genau und immer wieder war von ihnen zu hören, selbst als Siegfried damals über 70 Kg wog: „Du bist zu dünn. Du musst mehr essen". Was würden sie wohl sagen, wenn sie seinen Gewichtsverlust zu Gesichte bekämen?

Kapitel 10

Kapitel 10.1 Leben als Aufstieg und Untergang

Kapitel 10.1.1 Siegfrieds Vorbereitungen auf seine Lehrveranstaltungen als Assistenzprofessor

Kurz nachdem er seine Dissertation an der University of Kansas beendete, schickte seine Mutter ihm ein Flugticket. Sie wollte ihn, den sie immer noch als ihren Goldschatz bezeichnete, nach drei Jahren endlich wieder sehen, denn sie litt an Herzproblemen und hohem Blutdruck und hatte Angst bald sterben zu müssen. Sie sparte als Hilfsarbeiterin sehr viel für dieses Ticket. Ihr Sohn wollte eigentlich erst ein Jahr danach fliegen, da, so seine Vorstellungen, er mithilfe seiner College-Tätigkeiten als Assistenzprofessor im Süden der USA selbst für das Ticket hätte aufkommen können. Auch die Schulden, die sich durch sein Studium angehäuft hatten, plante er innerhalb eines Jahres zurückzuzahlen.

Er schloss sein Studium an der Universität in Kansas mit der Dissertation und der dazu gehörigen mündlichen Prüfung Ende Juli 1967 ab und die Lehrveranstaltungen am College begannen Ende August. So hatte er nicht nur einen Monat Zeit, sich inhaltlich auf seine Assistenzprofessur vorzubereiten, sondern er wollte sich auch früh und rechtzeitig eine gute und preiswerte Wohnung in der Nähe des Colleges sichern, damit er nicht auf ein Auto angewiesen war.

Er fuhr zwei Tage nach der mündlichen Prüfung mit dem Bus von der Universität in Kansas zum College in Tennessee. Alle seine Habseligkeiten konnte er in einem Koffer verstauen. Am College wurde er herzlichst begrüßt. Ihm wurden einige Wohnvorschläge vermittelt. Er machte sich auf den Weg und schon die erste Wohnung sagte ihm zu. Es war ein Doppelhaus; auf der einen Hälfte des Hauses wohnte die Hausbesitzerin und die andere Hälfte vermietete sie. Er gab ihr die fällige Miete für August; sie wollte noch nicht einmal ein Deponat, weil sie der Meinung war, dass Professoren, im Gegensatz zu Student/innen Wohnungen hegen und pflegen. Sie war eine typische „southern Landlady", die niemals eine Wohnung an Schwarze vermieten würde und die ihm auch sofort mitteilte, dass sie sonntags zur Kirche der „Southern Baptists" gehe, also sehr gläubig sei und sie hoffe, dass er sich auch entscheiden werde, hin und wieder mitzukommen. Er wusste zwar in seinem Innern, dass er niemals zur Baptistenkirche gehen würde, wollte sie aber nicht enttäuschen bzw. ihren missionarischen Plan nicht durchkreuzen und ließ seine Entscheidung offen. Jahre brauchte er, bis er sich aus der Freikirche seiner Kindheit und Jugend loslösen konnte und diese konservativen Baptisten waren für ihn keine Alternative zu seiner früheren freikirchlichen Gemeinde. Sie alle verkörperten für ihn Wahrheits- und Moralsysteme, welche den Menschen unantastbare

Glaubenslehren verordneten. In diesen religiösen Systemen – so kritisierte er - waren kritische Auseinandersetzungen mit der kirchlichen Lehre verpönt.

Siegfried lernte am College einige
Professoren kennen, die sich alle auf eine Zu-
sammenarbeit mit ihm freuten. Ein dortiger Kol-
lege, der Deutsch als Fremdsprache unterrich-
tete, hatte vor mehreren Jahren eine Frau aus
Deutschland geheiratet. Als seine Frau von
Siegfried zu hören bekam, lud sie ihn sofort
zum Abendessen ein – ein Zeichen der „southern
hospitality". Mit Ausnahme eines Inders, der
auch neu am College war und der für das Fach
Soziologie eingestellt wurde, waren die sonstigen Professoren allesamt amerikanische
Staatsbürger. Er ging mit dem Inder am gleichen
Tag, als er ihn kennenlernte, in die Cafeteria
und sie führten dort Gespräche über ihre Ausbildung, ihre Interessen, ihre Vorstellungen
und selbstverständlich auch über das College,
das in einem Monat ihr neuer Arbeitsplatz werden sollte. Dabei erwähnte Siegfried auch
seine Mietswohnung und es stellte sich heraus,
dass die gläubige Baptistin dem Inder mit dunkler Hautfarbe, bereits einige Tage bevor sich
Siegfried für die Doppelhaushälfte entschied,
mitteilte, die Wohnung sei schon vermietet –
eine eindeutige Lüge. Es war klar, dass sie
eine Rassistin war und Menschen mit dunkler
Hautfarbe, egal ob sie Afro-Amerikaner, Inder
oder dunkle Lateinamerikaner waren, diskrimi-
nierte und abwertete. Siegfried erinnerte sich
wieder an die Bemerkung seines Mitfahrers im

Bus von New York nach Michigan, der die Auffassung vertrat, Gott habe den weißen Menschen geschaffen und der Schwarze stamme vom Affen ab.

Siegfried konnte diesen Rassismus bei Christen nicht nachvollziehen, denn der Jude Jesus selbst versuchte ja den pharisäischen Partikularismus aufzubrechen und einen neuen Umgang mit anderen Kulturen seiner Zeit zu initiieren. Er fragte sich, warum die christliche Welt im Süden der USA, die Nachfolger Jesu sein wollten, sich ganz im Gegensatz zu ihrem Heiland so diskriminierend zeigte. Er konnte es einfach nicht verstehen, dass die Hautfarbe eines Menschen und nicht seine Persönlichkeit darüber entscheiden sollte, ob eine Wohnung an eine bestimmte Person vermietet wird oder nicht. Siegfried räsonierte: „Wird hier nicht das Gebot Jesu: ‚Liebe Deinen Nächsten' total missachtet? Kann man solche Leute eigentlich als Nachfolger Jesu bezeichnen? Warum sind die Christen – im Gegensatz zu Jesus – so diskriminierend anderen Rassen gegenüber"?

Kapitel 10.1.2 Siegfrieds Ankunft in Deutschland

Siegfried blieb einige Tage im Süden der USA, traf sich mit einigen Professoren und manchmal auch zusammen mit ihren Ehefrauen und bereitete sich ferner auf seine Lehrveranstaltungen vor. Ferner machte er sich Gedanken, in welcher Form und mit welcher Methode er wohl erfolgreich sein philosophisches Wissen an die Student/innen weiterzugeben vermochte. Sein Doktorvater war für ihn ein exzellentes Beispiel effektiven Lehrens. Demokratie im Lehrveranstaltungsraum war das Ziel, das er vor Augen hatte.

Vor Beginn des Semesters flog er mit dem Ticket, das ihm seine Mutter schickte, nach Deutschland. Er landete in Stuttgart, wo ihn sein älterer Bruder und seine Mutter vom Flughafen abholten. Sein jüngerer Bruder befand sich zu der Zeit in England. Seine Mutter war, als sie ihn nach drei Jahren wiedersah, vor Freuden zu Tränen gerührt und schloss ihn fest in ihre Arme. Sie meinte, er sähe blass aus und sei sehr dünn geworden. Er wiederholte mehrmals, dass alles sehr anstrengend war, aber dass das zukünftige Leben für ihn als Assistenzprofessor einfacher werden würde und er schließlich auch Geld haben werde, sich das eine oder andere leisten zu können. Ebenso ließ er verlauten, das von seinem Bruder geliehene Geld Ende des Jahres zurückzuzahlen. Seine Mutter teilte ihm mit, dass das ganze Dorf Weiler ihr als Mutter zu seinem Doktor- und Professorentitel gratuliert habe und alle ins Staunen gerieten, wie er mit nur 26 Jahren dies alles schaffen konnte. Sogar der Bürgermeister trat an sie heran, beglückwünschte sie und ließ sie wissen, dass er ihren Sohn gern treffen möchte. Viele Bewohner/innen des Dorfes - so die Mutter - hätten auch gefragt, wie sie ihn denn jetzt anreden sollten, da sie bei diesem rasanten Aufstieg nach oben, ihn doch nicht einfach mehr mit Siegfried anreden könnten. Ähnliches war von den Mitgliedern der Freikirche zu hören.

„Wie soll der ‚Aufsteiger‘, der Doktor nunmehr angesprochen werden? Die meisten waren der Meinung, da sich die Mitglieder mit Schwestern und Brüdern ansprachen, ihn mit Bruder Dr. Siegfried anzureden.

Siegfried staunte darüber, wie Doktor- und Professorentitel solch eine große Wirkung auf die Beziehungskultur des Dorfes haben konnten. Auf dem Dorf scheint es, so zog Siegfried in Betracht, um eine Erklärung für diesen Beziehungswandel zu finden, eben eine Tradition zu sein, dass dem Doktor, dem Bürgermeister und dem Pfarrer, eventuell auch dem Dorflehrer hohe Achtung erwiesen werde. Die Vorstellung, dass jemand ohne Ansehen der Person gewürdigt werde, gab es auf dem Dorf kaum. Da auf dem Land zwischen den diversen Doktortiteln nicht unterschieden wurde, kam die eine oder andere Dorfbewohnerin auf Siegfrieds Mutter zu und fragte sie, ob Siegfried ihr bei gesundheitlichen Problemen helfen könne. Sie antwortete, dass er nicht solch ein Doktor, sondern ein anderer wäre. Sie waren äußerst überrascht, solch eine Antwort zu bekommen. Es war aber auch unverständlich für Siegfried, warum die Mitglieder der Freikirche ein solch ausgeprägtes Oben-und-Unten-Denken zum Ausdruck brachten, wo doch Jesus eine Botschaft der auf Liebe basierenden Freundschaft verkündete, in welcher alle vor Gott gleich sind.

Einige Dorfbewohnerinnen wollten von Siegfrieds Mutter gerne wissen, ob ihr ältester Sohn, der nicht studiert habe, nunmehr neidisch auf seinen jüngeren Bruder sei, der ja nunmehr auf Grund seiner großen Errungenschaften weit über ihm stehe. Die Mutter verneinte dieses Ansinnen und teilte den Dorfbewohner/innen mit, dass er über seine Erfolge als Versicherungskaufmann prahle. Schließlich - so die Mutter - verdiene er mehr als ein „Studierter". Schließlich lebe man vom Geld und nicht vom Titel, argumentiere Siegfrieds älterer Bruder.

Kapitel 10.1.3 Kurzer Aufenthalt im Weiler

Bis zu Siegfrieds Ankunft im Weiler, war es ziemlich ruhig, wie es eben auf dem Dorf Sitte und Brauch ist. Es passierte im Gegensatz zur Stadt schlicht und einfach sehr wenig. Doch die Rückkehr Siegfrieds breitete sich wie ein Lauffeuer aus. Endlich passierte wieder etwas im vorwiegenden Arbeiter- und Bauerndorf. Siegfried wurde zum Gesprächsstoff Nr.1. Diejenigen, die nicht zur Arbeit gehen mussten, spekulierten, wie er sich nunmehr ihnen gegenüber verhalten werde und ob er als „Studierter" und „Doktor" überhaupt noch mit ihnen sprechen werde. Verwirrung herrschte vor, ob Siegfried in der Tat noch der Gleiche sei oder ob er sich in den USA nicht doch zu einem anderen Wesen entwickelt habe Die Mutigen bewegten sich in Richtung des alten Hauses, das die Mutter seit der Abwesenheit der Söhne allein bewohnte. Er begrüßte sie zu ihrer großen Verwunderung, als ob sich bei ihm nichts verändert hätte. Sie stellten fest, dass er keinen Hochmut, keine Hochnäsigkeit, keinerlei Arroganz zeigte, dass er aber sehr abgemagert und blass war. Schnell verbreiteten sich im Weiler Nachrichten über Siegfrieds Erscheinungsform bis in die letzte Ecke des Dorfes. Bis sie dort ankamen, wurden sie teilweise verzerrt und so kam es nicht selten zu widersprüchlichen Aussagen über seine Person.

Siegfrieds Mutter ging während seiner Abwesenheit jedes Wochenende zur Freikirche. Dieses Zusammensein mit Gleichgläubigen gab ihr Halt, Stärke und Geborgenheit. Sie wollte nun, dass er am Wochenende mit ihr dorthin fahren würde, denn alle Mitglieder wünschten ihn zu sehen. Einige gingen sogar soweit, dass sie eine Predigt von ihm erwarteten. Die Gläubigen meinten, er wäre immer noch derselbe Gläubige, der er vor Jahren war. Er war jedoch nicht mehr der Gleiche; er hatte sich in seiner Studienzeit verändert. Aus einem gläubigen und hingebungsvollen Muttersohn wurde ein glaubenskritischer und kirchenskeptischer junger Mann, der sich nichts aneignen wollte, ohne es vorher zu befragen und wenn nötig zu hinterfragen. Ihm war nicht klar, wie er sich als nunmehr kritischer Mensch seiner Mutter gegenüber gebärden sollte. Hätte er ihr mitgeteilt, dass er während seines USA-Aufenthaltes ein Anderer wurde, also nicht derselbe Gläubige wie zuvor mehr war, hätte sie geweint, gejammert, ihm Ungläubigkeit unterstellt und ihn als verlorenen Sohn bezeichnet, denn für sie war alles Abweichende von der freikirchlichen Lehre Unglaube. Sie und die Freikirchenmitglieder waren über jeden Zweifel und Kritik an ihrer Glaubenslehre erhaben. Nach ihrer Auffassung war ein guter Christ einer, der nicht zweifelt und sich ohne wenn und aber den freikirchlichen Lehren hingibt.

Zweifelsohne war Siegfrieds Haltung, die er der Mutter gegenüber einnahm, nicht authentisch. Er befand sich jedoch in einer Zwickmühle. Die Wahrheit zu sagen, hätte der Mutter und den Mitgliedern der Freikirche wehgetan. Das Verbergen der Wahrheit ließ alle Beteiligte in ihrem glückseligen Zustand. Mit dem Verschweigen der Wahrheit blieb die alte Ordnung gewahrt.

Die säkulare Welt des Dorfes und die heilige Welt der Freikirche hatten trotz ihrer Unterschiede gemein, dass sie Abweichungen und Anders-Sein-Wollen nicht akzeptierten. Siegfried hatte keine Schwierigkeiten, sich als Gleicher in das Dorf einzubringen und einer der ihren zu sein, selbst wenn sich ein enormer Bildungsgraben zwischen ihm und ihnen nunmehr auftat, Es war jedoch für ihn unmöglich, vorzugeben, an etwas zu glauben, an das er nicht länger glauben konnte. Dieses Verhalten wäre seinem existenzialistischen Denken zufolge nicht authentisch oder echt, eine Vorspiegelung falscher Tatsachen oder eine bewusste Täuschung, gewesen. So entschloss er sich, eine Ausrede zu konstruieren, die sein Fernbleiben von der Freikirche entschuldigen sollte. Er hatte vorgegeben, sich auf Grund des langen Fluges nicht wohl zu fühlen und Kopfschmerzen zu haben. Die Mutter bedauerte es zu tiefst, denn alle Freikirchenmitglieder hatten sich so sehr auf seinen Besuch gefreut. Siegfried fragte sich immer wieder, warum die Freikirche solch eine starre Glaubenslehre vertrat und keinerlei Veränderungen ihres Glaubens zuließ. Er konnte es nicht verstehen, warum Religion zu einem „stahlharten Gehäuse" entartete.

Kapitel 10.1.4 Ein früherer Studienfreund aus Darmstadt zu Besuch bei Siegfried im Weiler

Einige Tage nach seinem Aufenthalt im Weiler kam ein früherer, mit ihm zusammen in Darmstadt studierender Freund vorbei. Er war ein Prediger in einer ungefähr vierzig Kilometer entfernten Kleinstadt. Er erfuhr von einem Mitglied der von der Mutter besuchten Freikirche, dass Siegfried sich für eine kurze Zeit im Weiler aufhalten werde. Er nutzte die Chance und tauchte plötzlich auf, ohne vorher anzurufen und sich anzumelden, was ja auch nicht möglich war, da Siegfrieds Mutter kein Telefon hatte. Die Mutter blieb eine kurze Zeit im Raum, entschuldigte sich dann für einige Zeit, da sie mehrere dringende Sachen zu erledigen hatte. So waren die beiden früheren Studienfreunde ganz unter sich.

Sie gingen zuerst auf ihr persönliches Leben ein. Der Freund erzählte ihm, dass er gleich nach Abschluss des Diploms an der theologischen Hochschule geheiratet und er bereits eine zweijährige Tochter habe, die der Stolz der Familie sei und nun anfange viele Warum-Fragen zu stellen. Bei einigen von ihnen hätte er manchmal Schwierigkeiten, sie zu beantworten Er mache sehr viel mit ihr und könne nunmehr auch verstehen, warum Jesus in seinen Gleichnissen die Kinder so hochschätzte. Auch Anregungen für seine Predigten bekäme er von ihr. Siegfried war der Meinung, dass er auch schon sehr früh Warum-Fragen gestellt habe. Im Laufe seiner Lebensgeschichte habe er jedoch eine Frage wiederholt gestellt: „Warum ist die Welt so, wie sie ist und nicht anders?" Der Studienfreund drängte darauf zu wissen, ob er eine Antwort gefunden hätte. Siegfried teilte ihm mit, dass er zwar Antworten gefunden hätte, aber damit noch nicht zufrieden sei und sich weiter auf die Suche begebe.

Der Studienfreund fragte Siegfried anschließend über sein Privatleben. Über seine Antwort, er sei weder verheiratet, verlobt und nicht einmal verliebt, war der Studienfreund sehr erstaunt, denn die meisten der früheren Studienfreunde seien bereits verheiratet oder zumindest verlobt. Das gehöre einfach zum Beruf eines Predigers; die Frau sei die Stütze des Predigers und sie sorge für seine Geborgenheit. Danach wollte der Studienfreund Informationen über den Stand der Freikirche in den USA einholen. Siegfried teilte ihm mit, dass er über bestimmte Praktiken der diversen Freikirchen enttäuscht sei. Selbst die Bürgerrechtsbewegung in den USA Anfang der sechziger Jahre hätte den Rassismus in diversen Freikirchen nicht überwinden können. Was er aber am schlimmsten fände, ist die noch immer vorherrschende Trennung der Freikirchen in schwarze und weiße Gemeinden. Er habe von einem Schwarzen gehört, der eine weiße Freikirche besuchen wollte, dass er aufgefordert worden sei, sie zu verlassen und in seine für ihn zuständige Freikirche zu gehen. Diese Praktik widerspreche doch eindeutig Jesu Praxis, der kulturelle Grenzen jüdischer Tradition im Umgang mit der Kanaanäerin, mit der Samariterin oder mit dem heidnischen Hauptmann überschritt. Nach Jesus wird das Heil Gottes nicht nur den Juden, sondern allen Völkern zuteil. Der Studienfreund stimmte den Ausführungen Siegfrieds zu, doch wendete er ein, dass es solche Rassenprobleme in Deutschland der sechziger Jahre nicht geben würde, da es im Gegensatz zu den USA nur eine ziemlich begrenzte schwarze Bevölkerung hätte. Doch dies könne sich schnell ändern, warf Siegfried ein, denn die Afrikaner würden schnell erkennen, dass die Lebensbedingungen in Europa so viel besser wären als in ihrem Heimatland und immer mehr von ihnen würden seiner Meinung nach in der näheren Zukunft aus diesem Kontinent fliehen, um ein besseres Leben in Europa realisieren zu können.

Der Studienfreund gab auch zu erkennen, was Siegfried verwunderte, dass er nicht denke, sein ganzes Leben als Prediger zu verbringen. Manchmal seien die Gemeindemitglieder ganz schön nervig. Vor einigen Wochen haben seine Frau und er in einem Restaurant gegessen und da wäre ein Mitglied dort vorbeigekommen und hätte gesehen, wie sie beide Wein tranken. In der Freikirche sei er daraufhin angesprochen worden, ob er als Weintrinker ein Vorbild für die Freikirche sein könne. Ein anderes Mal hätten sie sich entschieden, einen Film im Kino anzuschauen. Wiederum wurden er und seine Frau aus der Ferne von zwei Mitgliedern der Freikirche gesehen. Sie kritisierten am darauffolgenden Wochenende diesen Besuch als Fall in das Weltliche. Die Mitglieder der Freikirche hätten, so Siegfrieds Freund, bestimmte Vorstellungen oder Normen von einem Prediger und die sollte er einhalten und davon auf keinen Fall abweichen. Sollte er davon abweichen, dann müsse er sich rechtfertigen. Siegfried fragte sich: „Warum ist diese religiöse Welt der Freikirche so und nicht anders? Warum sollen bestimmte Bedürfnisse im Namen Gottes unterdrückt werden, da Gott doch kein Tyrann ist, sondern bei seiner Schöpfung das Wohl des Menschen im Sinne hatte?"

Siegfried und sein Studienfreund diskutierten noch eine Zeit lang Glaubensfragen und er überraschte sein Gegenüber mit einigen seiner Äußerungen, zumal er auch auf theologisch strittige Thematiken einging. Er war der Überzeugung, dass sein Studienfreund, seiner Sichtweise nach, einer der wenigen Mitglieder der Freikirche war, mit dem er etwas offener sprechen konnte. Die Diskussion musste abgebrochen werden, denn der Studienfreund hatte einen Termin in der Freikirche und musste sich schleunigst auf den Weg machen. Er wurde zu einer Jugendstunde in seiner Gemeinde erwartet. Er freute sich über das Gespräch und fragte Siegfried, ob er nicht Interesse hätte, mit ihm übermorgen eine Spritztour nach Darmstadt zu machen. Siegfried willigte ein und so verabredeten sie sich auf den frühen Morgen.

Der Studienfreund sagte ihm zu, ihn im Dorf Weiler abzuholen.

Kapitel 10.1.5 Siegfrieds Untergang

Wie versprochen, kam der Studienfreund am übernächsten Tag sehr früh, gegen 5.00 Uhr, denn er hatte am späten Nachmittag seelsorgerische Gespräche vorgesehen und musste bis dahin wieder zurücksein. Für die Fahrt vom Weiler nach Darmstadt plante er 2 Stunden ein. Es wurde gerade hell und sie erfreuten sich eines wunderbaren Sommer-Morgens mit angenehmen Temperaturen. Sie fuhren zunächst auf Landstraßen, dann auf einer Bundesstraße und schließlich auf der Autobahn. Während der Fahrt unterhielten sie sich über vergangene Erfahrungen, die sie auf der theologischen Hochschule machten, aber auch über Entwicklungen danach. Unter anderem ließ der Studienfreund Siegfried wissen, dass er zwar seinen Job als Prediger liebe, es ihm gefalle, mit anderen zu kommunizieren und gewissen Mitgliedern helfend zur Seite stehen zu können, selbst wenn ihm auch hin und wieder das eine oder andere missfalle. Trotzdem habe er sich Gedanken gemacht, ob er nicht nach einigen Jahren ein Psychologie-Studium aufnehmen sollte, um dadurch noch ein tieferes Verständnis der menschlichen Seele zu erlangen. Dieser Bereich interessiere ihn sehr. Siegfried unterstützte diese Vorstellungen und nahm Bezug auf seine eigene universitäre Ausbildung, die ihm geholfen hätte, sich selbst zu erkennen und sich weiter zu entwickeln.

Es war zu dieser frühen Stunde nicht sehr viel Verkehr auf der Autobahn. Es gab während der Fahrt sehr viel zu diskutieren. Siegfried brachte den Vietnam-Krieg als Thematik in die Diskussion ein. Seitdem er mit einem vietnamesischen Zimmerkameraden zusammen wohnte, der ihn täglich über die Situation dort aufzuklären versuchte und dieser die amerikanische Intervention in diesem Lande kritisierte, wollte er den Standpunkt des Studienfreundes in Erfahrung bringen, denn er selbst hasste nicht nur Kriege, sondern verurteilte nach den intensiven Diskussionen mit seinem Freund aus Vietnam nunmehr diesen Krieg als äußerst ungerecht. Der Freund teilte ihm mit, dass er sich noch nicht so intensiv mit internationaler Politik beschäftigt habe, aber er Kriege generell verurteile, da er ein Pazifist sei. Aber gerade als Pazifist müsste man, wendete Siegfried ein, Stellung beziehen gegen den Vietnam-Krieg, durch welchen ganze Dörfer ausgerottet würden, nur weil Vietcong Rebellen sich dort aufhalten sollen, die gegen die amerikanische Intervention kämpfen. In Vietnam würde die Zivilbevölkerung durch Bomben oft am lebendigen Leib verbrannt. Die christlichen Länder sollten sich gegen diesen sinnlosen Krieg zur Wehr setzen, plädierte Siegfried. Vielleicht sollten auch die Mitglieder der Freikirche über den Krieg in Vietnam aufgeklärt werden und Sympathiebekundungen für das unterdrückte Volk in Vietnam zum Ausdruck bringen. Schließlich sei das gottgegebene Leben heilig und Ehrfurcht vor dem Leben sei geboten. Kaum hatte Siegfried diese Worte ausgesprochen, da kam ihnen auf der Autobahn ein Auto entgegen. Es war offensichtlich in falscher Richtung unterwegs. Der Freund konnte nicht mehr ausweichen. Es ereignete sich auf Grund der hohen Geschwindigkeit beider ein katastrophaler Unfall. Es dauerte einige Zeit bis die Polizei und der Rettungswagen den Ort des Geschehens erreichten. Siegfried und sein Freund sowie der Geisterfahrer, ein älterer Herr, wurden ins nahe gelegene Krankenhaus gebracht. Ärzte, Krankenschwestern, Pfleger u. a. waren schockiert, dass trotz der guten Ausschilderung auf Autobahnen so etwas passieren konnte. Sie rätselten, ob es Augenblicksversagen, Unachtsamkeit oder gar geistige Verwirrung waren, die zu solch einem schrecklichen Unfall führten. Alle drei Opfer wurden schrecklich zugerichtet, verstümmelt und entstellt. Schrecklich! Schrecklich! Hörte man immer wieder in den Hallen des Krankenhauses. Siegfrieds Studienfreund wurde nach 30 Minuten für tot erklärt, Siegfried rang noch mit seinem Leben bis in den späten Nachmittag hinein, dann kam der Tod auch über ihn. Der Geisterfahrer hingegen blieb am Leben, verbrachte noch mehrere Wochen im Krankenhaus. Er wurde querschnittsgelähmt, geistig noch verwirrter als zuvor und wurde nach seinem Krankenhausaufenthalt in ein Pflegeheim eingeliefert. Er konnte sich nicht mehr bewegen, selbst im Rollstuhl war er von der Hilfe anderer abhängig. Er musste künstlich ernährt werden und konnte sich verbal anderen nicht mehr mitteilen. Eine Krankenschwester war der Meinung, dass es besser wäre, tot zu sein als in der Weise dahinzuvegetieren.

Nun mussten die Formalitäten im Krankenhaus erledigt werden. Anrufe bei den Angehörigen, um sie vom Tod ihrer Liebsten in Kenntnis zu setzen, sind immer schwierige und bedrückende Aufgaben. Die Frau des Studienfreundes konnte sofort über das Telefon erreicht werden. Schwieriger war es bei Siegfrieds Mutter, die keinen Telefonanschluss hatte. Das Krankenhaus entschloss sich schließlich, entweder das Bürgermeisteramt im Weiler oder die Polizeistation in einem benachbarten Ort anzurufen. Das Bürgermeisteramt war gegen Abend nicht mehr telefonisch zu erreichen. So rief die Krankenhausverwaltung die Polizei im benachbarten Ort an, denn das kleine Dorf Weiler hatte keine eigene Polizei. Außerdem ist es ja zumeist die Polizei, die Todesnachrichtungen übermitteln muss.

Ein Polizeibeamter fuhr in das Dorf Weiler, klopfte an die nicht verschlossene Türe. Siegfrieds Mutter öffnete und war erstaunt und konnte es sich nicht erklären, warum ein Polizist sie aufsuchen sollte. Er selbst hatte Schwierigkeiten, ihr die Todesnachricht ihres Sohnes zu überbringen. Er holte tief Luft und dann teilte er ihr zögernd mit, was passiert war. Die Mutter konnte es zunächst nicht glauben und dachte an eine Verwechselung. Doch der Polizist machte ihr klar, dass es sich um ihren Sohn handele. Nach diesen eindeutigen Worten des Polizisten fing sie zu weinen, seufzen und jammern an. Immer wieder fragte sie, warum er gerade sterben musste, da er noch so jung und schon so erfolgreich war und sein gan-

zes Leben vor ihm hatte und dass etwas so Großartiges hätte aus ihm werden können. Der Polizist antwortete auf die Warum-Frage der Mutter
mit der allgemeinen Phrase, dass ihr Sohn zur
falschen Zeit am falschen Ort war. Diese Worte
waren bestimmt nicht trostreich. Nach einiger
Zeit wurde die Mutter ohnmächtig. Solch eine
zu tiefst traurige Nachricht konnte sie, die
ohnehin Herzprobleme hatte, nicht verarbeiten.
Als der Polizist den Zustand der Mutter wahr-
nahm, rief er sofort per Funk den Arzt im Dorf
an und bat ihn, ihr unverzüglich eine Beruhi-
gungsspritze zu geben, was er dann auch tat.
Der Arzt und der Polizist brachten noch, wie
es sich gehört, ihre Beileidbezeigungen zum
Ausdruck, während die Mutter allmählich ein-
schlief.

Sie wachte ganz früh am Morgen eines
wunderschönen Sommertages, als es noch nicht
ganz hell war, auf und dachte, sie hätte geträumt. Doch sie war sich sicher, dass ein Polizist und ein Arzt in ihrem Haus waren und sie
ihr mitteilten, dass ihr Sohn durch einen Unfall ums Leben kam. Sie wälzte sich im Bett hin
und her und entschied sich dann, aufzustehen.
Sie ging in ihrem Haus hin und her, auf der
Suche nach dem, was passiert war. Es war zu
bedrückend und einengend im Haus, sodass sie
nach draußen ging. Die Nachbarin gegenüber war
bereits zu der frühen Stunde vor dem Haus, als
ob sie darauf gewartet hätte, endlich eine Antwort auf die Frage zu finden, warum die Polizei
Siegfrieds Mutter am Abend aufsuchte. Das war
auch gleich die sofortige Frage der Nachbarin
und es war genau diese Frage, welche die Mutter

wieder zurück in die Realität brachte. Sie hatte nicht geträumt, sondern es war die schmerzvolle Wirklichkeit, ihren Sohn verloren zu haben. Sie weinte bitterlich und ihr Schluchzen ließ es kaum zu, dass sie das Ganze in eine verständliche Sprache bringen konnte. Doch die Nachbarin verstand, was los war. Sie ging auf die Mutter los, umarmte sie, um mit ihr das Leid zu teilen. Sie bat die seufzende Mutter in ihr Haus zu kommen. Es wurde allmählich hell und es dauerte einige Zeit bis die Mutter wieder einigermaßen verständlich denken und reden konnte. Es währte nicht lange, da stießen andere Nachbarn dazu, die vielleicht nicht zu hören bekamen, was sich ereignet hatte, aber von dem offenen Fenster aus die weinende Mutter beobachteten und am Abend zuvor den Polizeiwagen vor dem Haus der Mutter wahrnahmen. Sie alle umarmten die Mutter und bezeugten ihr Beileid.

Eine der Nachbarinnen hatte einen neuen Telefonanschluss installieren lassen und schlug vor, den Sohn in Stuttgart anzurufen, bevor er sich zu seiner Arbeit als Versicherungskaufmann aufmachte. Sie erreichte ihn und teilte ihm die bittere und schmerzhafte Nachricht mit. Er war zwar entsetzt, doch handlungsfähig. Er entschied sich, die Versicherungsgesellschaft vom Tod seines Bruders in Kenntnis zu setzen und einige Tage frei zu nehmen, denn er hatte noch mehrere Urlaubstage zur Verfügung. Siegfrieds älterer Bruder zeigte sich nach etwas über einer Stunde im Dorf. Er war ebenso sehr niedergeschlagen wie die anderen, blieb aber gelassen und plante die nächsten Schritte. Zunächst einmal musste der Leichnam vom 100 km entfernten Krankenhaus ins Dorf überführt werden; es musste ein Sarg bestellt werden, es mussten Verwandte, Freunde und Bekannte benachrichtigt werden und es musste ein Termin für die Beerdigung festgelegt werden sowie die Totengräber beauftragt werden, das Grab für den Sarg auszuheben. Darüber hinaus musste der Prediger der Freikirche, der auf Wunsch der Mutter die Grabrede halten sollte, wie auch die Mitglieder der Freikirche, die an der Beerdigungsfeier teilnehmen wollten, über Siegfrieds Tod informiert werden und vieles mehr. Die Mutter war in ihrem niedergeschlagenen Zustand handlungsunfähig, sodass der älteste Sohn alles bewerkstelligte und auch für die Begräbniskosten aufkam, da er als Versicherungskaufmann sehr gut verdiente.

Der Sarg mit dem toten Siegfried wurde, nachdem der Bestatter ihn zurecht gemacht hatte, im Wohnzimmer aufgebahrt, dort, wo er während er seiner Schulzeit die Hausaufgaben erledigte und wo seine Mutter die Nachbarinnen, Verwandte und Freunde des Dorfes empfing und er dabei Schwierigkeiten hatte, sich auf seinen Lernstoff vorzubereiten, was ihn oft ärgerte, ohne jedoch dabei auszurasten. Der erste Blick war für die vielen Besucher/innen, die ihn kannten erschreckend. Er sah nicht mehr so aus, wie man ihn zu Lebzeiten kannte. Die Mutter bestand darauf, ihm einen Schlafanzug anzuziehen, weil sie ihrem Glauben entsprechend davon ausging, dass der Sohn bis zur hoffentlich ersten Auferstehung, nämlich der der

Gläubigen und Gerechten, schlafen würde. Die zweite Auferstehung war der Freikirche entsprechend für die Ungläubigen und Ungerechten vorgesehen. Zuallerletzt hatte Siegfried ein ambivalentes Verhältnis zur Auferstehung entwickelt. Er grübelte sehr oft darüber nach, was den Menschen nach dem Tod erwarten könnte. Zwei Seelen wirkten in seinem Innern. Für die eine gab es kein Weiterleben nach dem Tod, d. h. mit dem Tod war alles zu Ende, für die andere in ihm war der Tod etwas Offenes, denn die Gewalt der göttlichen Ursachen, die den Menschen einmal schuf, konnte sie, so seine Überlegungen, den Menschen nicht noch einmal schaffen? Immer wieder kam er zu der Überzeugung, dass die Welt eine endlose Kette des Entstehens und Vergehens ist. Seine Mutter hatte keine Ahnung, was Siegfried in den USA alles durch den Kopf ging und wie sehr er doch fundamentale Glaubensbekenntnisse der Freikirche in Zweifel zog und sich immer wieder auf die Suche nach Antworten machte, ohne je auf eine endgültige Wahrheit zu stoßen.

Der älteste Bruder beharrte darauf, ihm einen kleinen Fußball in den Sarg zu legen, denn es war seine Leidenschaft als Kind und Jugendlicher, wo immer sich ihm eine Möglichkeit bot, zu kicken. Die Mutter lehnte diesen Vorschlag als nicht passend zurück, denn ihre Glaubenslehre war wie folgt: „In der Hölle und nicht im Himmel wird Fußball gespielt". Sie bestimmte die Lebensgeschichte Siegfrieds von der Wiege bis zum Grab; sie wollte auch am Ende seines Lebens über seinen Abgang aus dieser Welt entscheiden. Der aus England angereiste jüngere Bruder konnte sich mit ebenso nicht mit seiner Idee, Licht und Natur in den Raum zu bringen, um auf diese Weise zu zeigen, dass Leben und Tod miteinander verwoben seien, durchsetzen. Er wollte im ganzen Raum Kerzen aufstellen, ihn erhellen und mit vielen Blumen dekorieren. Für ihn waren der Tod und das Leben keine Gegensätze, für die Mutter dagegen der Tod etwas Dunkles und Schwarzes, der Feind des Lebens.

Selbst der Bürgermeister betrat den Raum, in dem Siegfried aufgebahrt wurde und er teilte der Familie sein Beileid mit und er- wähnte ferner, dass er beim Pfarrer der evan- gelischen Kirche vorsprechen werde, die Glo- cken auf dem Weg vom Haus zum Friedhof läuten zu lassen, denn schließlich hätte Siegfried als Dorfbewohner des Weilers durch seine Errungen- schaften dem Weiler zu Ansehen und Ruhm ver- holfen. Es kam so, wie der Bürgermeister es wollte. Der Sarg wurde von vier Verwandten un- ter Glockengeläute vom Haus zum Friedhof ge- tragen. Mehrere hundert Menschen nahmen am Trauerzug teil und diejenigen, die nicht an der Beerdigung teilnahmen, gaben ihm noch vom Fens- ter aus das letzte Geleit.

Kapitel 10.1.6 Die Totenandacht

Auf dem Friedhof hielt der Prediger die To- tenandacht. Er ging auf die Frage ein, die Menschen, die Siegfried nahe standen, aufwar- fen, nämlich warum Siegfried so jung sterben musste. Seine Antwort war, dass alles in Gottes Händen sei: „Gott hat Leben gegeben und er hat Leben genommen. Der Herr sei gepriesen. Wir endliche Menschen können oft das Walten Gottes nicht verstehen. Siegfried war bei seiner Rückkehr aus den USA, nach Aussagen der Mutter, sehr bleich, blass und eingefallen gewesen. Seiner Meinung nach könnte diese Erscheinungsform bereits das Zeichen einer begonnenen oder bereits fortgeschrittenen Erkrankung gewesen sein, denn wie er zu hören bekommen habe, sei er mit Eifer seinem Studium nachgegangen und habe kaum geschlafen und auch nicht ordentlich gegessen. Ein Mensch kann dies auf Dauer nicht aushalten, ohne dass sein Körper darunter leidet. Vielleicht hatte er schon eine latente Erkrankung, die nur Gott erkannte. Statt eines langen, mühsamen Todes hat der Herr der Welt ihn durch einen Unfall mit einem Schlag aus dem Leben genommen. Ich will nicht sagen, dass es so war, nur dass es so hätte sein können. Wir wissen es nicht; nur Gott ist allwissend".

Danach erinnerte er die trauernde Gemeinde an Siegfrieds Kriegs- und Nachkriegszeit und an seine nach dem Abitur getroffene Entscheidung den Kriegsdienst zu verweigern. In einem seiner Gespräche mit ihm, habe Siegfried ihm unmissverständlich dargelegt, dass er sich als Ziel setzen wollte, Menschen zu helfen und sie nicht zu vernichten. Seine Vorstellung vom Leben war, wie Jesus, den Hilfsbedürftigen zu dienen. Er sei ein vollkommener Gläubiger gewesen, der nie an der Erlösung durch Jesu Christi gezweifelt habe. Der Prediger hatte zuletzt vor mehreren Jahren mit ihm gesprochen und dieses Bild von damals war noch verbindend für ihn. Er hatte keine Kenntnis davon, dass sich Siegfried durch seine kritische Auseinandersetzung mit der Welt und mit sich selbst stark veränderte. Vieles von dem, woran er früher glaubte, wurde von ihm hinterfragt und in Frage gestellt. Auch die Mutter hat seine Veränderung nicht mitbekommen - daher dieses verzerrte Bild seiner Person nach seinem Tod.

Auf dem Grab wurde einige Tage später ein Grabstein mit der Inschrift „Ich bin die Auferstehung und das Leben, wer an mich glaubt, der wird leben, ob er gleich stürbe" (Joh. 11, 25) aufgestellt. Siegfrieds Mutter glaubte fest daran, dass Jesus wiederkommen und er die Toten auferwecken und den Gläubigen ein ewiges Leben gewährt werden würde. Wir werden uns im Himmel wiedersehen, waren ihre Abschiedsworte vom Sarg. Die Religion war ihre Stütze in ihrer ganzen Leidenszeit sowohl in der Kriegs- wie auch in der Nachkriegszeit, während Siegfried sich mit der Religion, mit der Freikirche und dem Christentum als solchem sehr kritisch auseinandersetzte und er das theologische Fundament nicht länger als absolut, eindeutig und unantastbar in seinem Leben betrachten konnte. Siegfried war nicht länger derjenige, der er vor Jahren war. Er war ein Anderer geworden und wurde als solcher nicht wahrgenommen. Zweifelsohne war es auch seine Schuld, dass er sich nicht outete, er sich aus Furcht, anderen wehzutun, nicht offen zu seiner neuen Weltanschauung bekannte.

Siegfried wollte noch sehr viel erreichen. Er wollte auch über seinen Tod hinausreichende Erinnerungsstücke hinterlassen: er hatte vor, Bücher darüber zu schreiben, warum die Welt so ist, wie sie ist und hatte auch das Verlangen, in die Politik zu gehen, um die Welt, die nicht so ist, wie sie sein könnte, zu verändern. Daraus wurde leider nichts.

In fünfzig oder hundert Jahren wird sich wohl keiner mehr an Siegfried erinnern; vielleicht wird der Grabstein noch an einen unbekannten Dorfbewohner verweisen und viele werden ihn auf Grund der Grabesinschrift mit einen frommen Christen, der an die Erlösung und Auferstehung glaubte, gleichsetzen. Nichts Außergewöhnliches in einer christlichen Kultur, doch nicht wenige Dorfbewohner/innen werden sein kurzes Leben ungewöhnlich finden und sie werden fragen warum er so früh starb. Die Antwort wird für spätere Generationen mehr und mehr Spekulation sein.

Kapitel 10.1.7 Diskurse der Dorfbewohner/innen über Siegfrieds Tod

Der Tod Siegfried beschäftigte das Dorf Weiler eine Zeit lang. Einige Pessimisten des Dorfes vertraten die Ansicht, dass, wenn man Siegfrieds Lebensgeschichte genauer unter die Lupe nehmen sollte und wenn man bedenke, welchen Aufwand er aufbringen musste, um nach oben zu kommen, dann müsste man doch sagen, dass sich das alles nicht gelohnt hätte. Ihre Frage lautete: „War es nicht umsonst, soviel Zeit, Energie und Geld in ein Studium zu investieren, wenn einen am Ende der Tod überrollt?

Andere anti-akademisch ausgerichtete Dorfbewohner/innen griffen die Worte des Pfarrers auf, Siegfried sei durch sein Studium krank geworden, weil er kaum geschlafen und wenig gegessen habe. „Wir im Weiler sind keine Studierte, aber wir leben gesund; wir essen gut, wir haben gute Luft und uns brummt nicht der Kopf von all den Büchern, die sie auf der Universität lesen müssen", war die einhellige Meinung einiger Dorfbewohner/innen. Eine Frau fügte hinzu, dass das Studium für ihn die „Krankheit zum Tode" war.

Die universalistisch denkenden Dorfbewohner/innen sprachen das Selbstverständliche und Allbekannte aus, nämlich, dass alle sterben müssen, ob reich oder arm, ob mit Doktor- oder ohne Doktortitel. „Früher oder später erwischt es einen jeden von uns. Die einen sterben jung, die anderen werden älter. Es gibt kein Entrinnen", gab eine Frau zu bedenken.

Einige Dorfbewohner/innen dachten nicht so sehr an Siegfried, sondern an seine zutiefst traurige und kaum zu tröstende Mutter. Sie bekundeten ihr Mitleid ihr gegenüber, denn sie habe schon so viel durchgemacht: ihr Ehemann habe sich aus dem Staub gemacht und sie musste die Kinder allein versorgen und nun noch der Tod ihres Lieblingssohnes.

Kapitel 10.1.8 Die Ehefrau des verstorbenen Freundes zu Besuch bei Siegfrieds Mutter

Einige Wochen nach der Beerdigung klopfte die Ehefrau des verstorbenen Freundes an die Tür des Hauses der Mutter. Sie stellte sich vor, drückte ihr Mitgefühl aus und entschuldigte sich, dass ihr Mann das Auto fuhr, das zu dem Unfall führte. Die Mutter erwiderte sofort, dass es ja nicht seine Schuld gewesen sei, sondern die des anderen. Die Mutter bat sie ins Wohnzimmer zu kommen und so unterhielten sie sich ziemlich lange. Wie so üblich bei Mitgliedern der Freikirche gaben sie sich gegenseitig Mut durch die Kraft des Evangeliums und die darin enthaltene Erlösung Jesu Christi und sie drückten ihre Hoffnung auf die Teilnahme an der ersten Auferstehung aus. Doch in diesem Zusammenhang warf die Frau zögernd die Frage auf, ob sich denn ihr Sohn Siegfried in den USA verändert hätte. „Ja, er war blass und eingefallen, als er aus den USA zurückkam, denn er hat Nächte lang durchstudiert, um seinen Abschluss zu machen und nur wenig gegessen. Die Zeit dort war sehr anstrengend für ihn", gestand die Mutter ein. „Nein, das meinte ich nicht mit meiner Frage. Mein Mann hat Andeutungen gemacht, dass er durch das Studium aus der freikirchlichen Bahn geworfen wurde, sein Glaube nicht mehr der Gleiche war wie früher", entgegnete die Frau. Die Mutter war bestürzt über diese Aussage und sagte mit lauter Stimme, dass sie schließlich die Mutter sei und ihr solch eine Veränderung bewusst geworden wäre. Die Frau ließ die Aussage der Mutter zwar gelten, denn sie sei ja die ihm vertrauteste Person gewesen und sie hätte als erste wissen können, inwiefern sich ihr Sohn glaubensmäßig veränderte, doch insgeheim waren auf Grund der Aussagen ihres Ehemannes die Zweifel an Siegfrieds Gläubigkeit nicht ausgeräumt worden.

Sie wechselten das Thema und die Frau teilte der Mutter mit, dass sich ihr Leben nunmehr verändern würde. Weil sie wieder arbeiten müsse, werde sie ihre zweijährige Tochter morgens zu ihren Eltern bringen und abends dort wieder abholen. „Als Alleinerziehende hat man es schwer, Geld zu verdienen und das Kind zu erziehen", gab sie zu erkennen. Die Mutter entgegnete, dass sie nach dem Krieg Alleinerziehende von drei Kindern war. Die Frau zollte der Mutter ihre Anerkennung. Dann kamen sie nochmals auf den Tod Siegfrieds und seines Freundes zurück und lamentierten den frühen Tod der beiden. „Manchmal kommen mir Zweifel an Gott und warum er dies alles zugelassen hat. Wir waren solch eine glückliche Familie", warf die Frau ein. Warum hat Gott solch einen Unfall zugelassen. Die Mutter dagegen betonte, dass sie nie Zweifel an Gott hatte, weder in den Kriegs- noch in den Nachkriegsjahren. Sie sagte mit Bestimmtheit: „Es gibt Höhen und Tiefen. Die Welt ist nicht nur schön und glitzernd, sondern hat auch hin und wieder eine dunkle Seite. So ist das uns von Gott gegebene Leben. Das Schöne kann man nur schätzen, wenn man auch das Hässliche sieht. Man muss alles so nehmen, wie es kommt und Gott will, dass man das Beste draus macht". Diese Art der Geisteshaltung hätte Siegfried auf die Palme gebracht. Die beiden verabschiedeten sich und welcher Siegfried Wochen zuvor gestorben ist, war für die Mutter eindeutig, nämlich der gläubige Siegfried, während die Frau noch im Widerstreit zwischen den Aussagen ihres verstorbenen Ehemannes und der Mutter war. Am Ende des Gespräches konnte die Frau des Studienfreundes auf die Frage, ob Siegfried als Gläubiger oder Ungläubiger starb, keine eindeutige Antwort geben. Vielleicht ist ihre, durch das freikirchliche Denken bestimmte Frage auch nicht die Entscheidende für die adäquate Einschätzung des irdischen Lebens Siegfrieds, sondern vielmehr, wie er sich mit der Welt, die nicht so war, wie sie sein sollte, auseinandergesetzt hat, wie er Sinn in seinem Leben zu finden vermochte, wie er sein Leben selbst zu gestalten versuchte und wie er sich trotz Anpassungsdruck auf die Suche nach einer anderen als der ihm vorgegebenen Wahrheit machte. Hat uns Siegfried durch sein Leben nicht Anregungen gegeben, wie man sich im Leben selbst empowern und des Willens zum Werden, Wachsen und Gestalten erfreuen kann? Hat er sich nicht sein Leben lang mit sinnfremden Strukturen auseinandergesetzt, um ein sinnhaftes Leben zu realisieren? Hat er nicht ständig Ziele vor Augen gehabt, die er verwirklichen wollte, selbst wenn diese ihm als Arbeiter- und Freikirchenkind einiges an Schaffenskraft ab verlangten? Entsprangen diese Ziele nicht dem Willen zur eigenen Macht, der gestalten und das Leben bejahen vermochte?

Hat er nicht gezeigt, dass Leben nie Stillstand bedeutet, sondern immer einen inneren Kampf beinhaltet, insbesondere dann, wenn man durch Machtsysteme unterdrückt wird und der Wille anderer stets bestimmend ist?

Es wird auch in der Zukunft Menschen geben, die Siegfrieds Spur folgen und sich mit der Welt auseinandersetzen und die Frage aufwerfen, warum die Welt so ist, wie sie ist und ob sie doch nicht anders sein könnte. Sie werden Vorstellungen einer anderen und besseren Welt entwickeln und Hoffnung hegen auf eine Zukunft, die die Gegenwart bei allen Menschen wachsen lässt.

Zeitfracht Medien GmbH
Ferdinand-Jühlke-Straße 7
99095 Erfurt, Deutschland
produktsicherheit@kolibri360.de